蝸牛道人의 병리학 실험실

蝸牛道人의 병리학 실험실

이강재 시집

평민사

이 시집에 실은 시(詩)의 성격을 대표할 용어를
「울시(鬱詩)」라고 정했다.

병(病)이 들면,
왜 내게 이런 병이, 억울하다.
질병의 지식에 밝지 않으니, 답답하다.
내 마음대로 안 되고, 막힌다.
아픈 사람이 되었으니, 우울하다.
몸과 마음에 여유가 없이 하루하루가, 빡빡한 기분이다.

빡빡하게 막혀서 답답하고 억울하고 우울한 것이
모두 울(鬱)이다.
이런 울을 해소하는 시란 의미로 울시라고 하였다.

세상을 바라보는

격조 있는 안목을 갖추는 것

詩도 그러하다

蝸牛道人의 병리학 실험실

차례

실험실

蝸牛道人

흉

홀로그램처럼 매달린 기억
내게만 보이는
알리바이 잠긴 뚜껑
발언권을 쥔 고통의 흔적
흉 안에 갇힌 기억

엉뚱한 그림자처럼
잘못 붙은 기억
그 날의 기억은
왜 달아난 걸까
저당잡혔나 몰수당했나

흉조차 남기지 못한 상처
기억을 걸지 못한 아픔
얼마나 많을까
어디로 갔나 어디에 숨었나
볼 수 없는 곳에 흉을 남겼나

기억을 유배한

세월의 깊은 구멍
잊힌 줄 믿었지만
몸의 픽셀을 떠돌다
부딪히고 막히고 부풀고 뒤틀린다
어긋남도 느림도 떨림도 마비도
결국은 흉
사람들은 그런 흉을 본다

상처는 관계의 실패
서로 어긋난 틈 사람에게
데이고 찔리고 속고 베인
마음의 흉은 울鬱이다
울은 아픔의 올가미
켈로이드 피부같이
종료되지 않는 싸움
보이지 않는 곳
들키지 않는 곳에서
살아 끝나지 않는 흉이다

기계충 그리고

뒤통수에 올라탔던 그 바리깡은
어떻게 내통한 걸까
통문을 돌린 조직이 있었던 걸까
우리 시대를 점령했던 전염병

단양읍 새시장 그 이발관의
개업 기념품 길창덕의 꺼벙이같이
동그랗게 반짝이는 비늘
소란한 교실마다 북두칠성처럼 박힌

머리엔 기계충
뱃속엔 기생충

장날 꼬마의 엉덩이 아래
길고 하얀 벌레를 빼내던
짱똘뱅이 약장수는 비밀요원일 꺼
배고픈 시대를 빨아먹던 유행병

회충 편충 십이지장충

그리고 요충
똥뚜간에 까고 쭈그려
밤톨만큼 들어내던 전국적 국딩의 성실

국가가 원한 건 지덕충

코파기

예순 넘은 인생에서
가장 오랜 버릇은
코파기다
식구가 한 방에 자던 때
코를 쿵쿵거리면
엄마가, 또 코! 하며
소리치곤 했다
코 파지 않은 날이
과연 있었던가 싶다

공기가 내 코를
상쾌하게 통과하게 된 건
지난 20년 정도다
그 전엔 추운 날
늘 코가 막혔고
앞이나 뒤로 콧물이 흘렀다
걸을 땐 꼭 뱉어야 했다
교과서에서 본 병명은
만성단순성비염 코가

좌우 교대로 막힘이 포인트다

어느날 코 양쪽이
모두 뚫려있던 날
생후 40년간을 생각하면
상상 못 한 놀라움이었다
그래서 궁리해보니
그건 체질식의 효과였다
호흡기가 취약한 체질이니
첫 관문인 코가
민감했던 건 당연한 일
코만 본다면
늙은 20년이 더 건강하다는
그런 증명인 거다

옴

1976년 봄,
피부병은 도는데
보건소에선 오지도 않고

고추부터 가려워져
온몸으로 퍼진다고
그 말만 해준 체육선생
유황내 지독하던
버들표 연고
한 단지씩 앵겨

병 이름도 모르는 채
모세가 홍해 가르듯
교실을 반으로 나눠
죽일 놈 살릴 놈
오징어게임처럼
오호! 70년대식 격리법

수업 오는 선생마다

악령 퇴치하듯 손가락질
연탄불로 물 덥혀 씻고
위아래 유황 도배
할머니 매일 정성에
홍해 반대로 뛰었던 때

긁어 부스럼

이세돌이 말해
알파고는 금기를 깨고 삼삼을 팠다고
근데 진즉 더 깬 놈이 있어
가려움은 일일도 두려워하지 않아
그리고 늘 선수를 쥐고 있어

가려움은 뾰족한 고수야
난 손톱으로 응수하지만 늦어
피부 안팎으로 대치한
우리의 국면은
건널 수 없는 국경이지

이 행마는 안전할까
축 몰이는 정해진 걸까
내 대마는 불사일까
두드러기는 패감인가
고민은 쓸데없어
손끝이 못 닿으면
그냥 꽃놀이 패야

효자손은 반칙패고

밤새 누가 이겼는지는
부스럼이 증명해
내 집은 말갛고
가려움의 집은 벌겋고

해부학 실습의 추억

의약관으로 오르는 길은 몹시 가팔랐다
빈 곳 없이 촘촘한 수업을 버텨주는
금색 닮은 양은도시락에 담겼던
콩자반 계란말이 쏘세지는
재빨리 힘을 쓰기 위해 옆구리로 몰려 애쓴다
달가닥거리는 답답한 젓가락처럼 두 다리가 바쁘게
숨차다
　12층 덩치가 통째로 누르는 지하 2층에 실습실
　살 태우는 냄새 흘러나와
　우리 등을 밀어 앞세우고 하숙집 골목을 따라 아래
로 퍼졌다.

　들어서자마자 벌렁 기절했다는 어느 여자 선배의
　전설이 지배하는 실습실엔 포르말린 욕조가 있다
　우리는 배멀미에 시달리는 서툰 어부처럼
　그물에 걸려 죽은 회색고래 같은
　까다바를 건져 올렸다
　첫 날 거친 오바이트는 흔한 퍼포먼스
　난생 처음 여자의 거웃을 밀었다.

버자이너의 길이는 제 손가락 자로
직접 측정하고 싶다는 외침에 순간 화들짝
1년분의 신경과 핏줄과 힘줄과 근육과 뼈는
그의 노골적인 학구열처럼 깎이고 잘려 나간다
포르말린은 수치심도 적당히 마비시킨다
종종 넓적다리는 창이 되고 팔뚝뼈는 검이 되었다
과후배로 들어온 형과 사는
거머리에 빨린 듯 아랫입술이 검은
황과 나는 실습이 있던 날마다 소주를 마셨다.

회기극장 스크린처럼 천박하게 비는 내리고
회기시장 진주스넥에서 소라무침에 소주를 털 때
달력 안에서 반나로 웃음을 파는
모델의 안 보이는 속이 갑자기 궁금했다
치마를 들추듯 뒤로 돌리면 보였을까 그녀의 내부
세 잔의 취기로는 시도하지 못한 도발적인 해부
뒷장에서 싱싱한 몸을 퉁기는
멍게같은 그녀의 속살을 뒤집고 싶었다.

이발관의 빛바랜 그저 그런 풍경화처럼
하나는 외로워 둘이랍니다 액자 구절처럼
황과 나는 목요일 저녁 진주스넥의 풍경이었다
우린 일찍 넘긴 달력 같은 이야기를 나누었을까
서둘러 찢긴 눈밭 비키니는 뭐라고 소리쳤던가
그를 통해 바닷걸 처음 배우는 나를
소라를 꼼장어를 한치를 잔술을 굴 든 겉절이를
그는 입술병을 형의 피해망상을 털어 놓았던가
아, 과락일까 맘 졸였던 어설펐던 시절의 한 페이지.

조울증 躁鬱症

6시이다가 9시 뛰고
12시 되었다가
12시에서 3시 빼고
바로 6시 되는 거
정신과 가서 그렇다 하면
바로 환자 만들지

흥 나면 쾌청하고
한습(寒濕)하면 가라앉아
환경과 분위기
감성의 센서가 민감한 거
미리 빨리 느끼는 거지
즉흥에 쉬 휘둘려
히스테리와 우울
반복하면 병 되지

눈치 빠른데
제 생각에 잘 사로잡혀
여린데

뒤끝은 기 일 어
이런 사람
자기 균형 잡는 거
쉬운 건 아니지

이명 耳鳴

그들은 장기투숙객이야

말선씨는 이십년도 넘었지
그래 먼저 그를 소개할게
말선씨는 사실 마선(馬蟬)인데 말이지
옛적부터 친구들이 말선 말선 하고 불러버릇해서
자신도 본디 이름이 마선인지 말선인지 헷갈릴 정
도라는 거야
나부터도 지금 말선이라고 하고 있잖아
모르고 들으면 여자인 줄 오해해서 아주 당혹스럽
다지
덩치는 산 만하고 피부도 까무잡잡 목소리도 우렁
찬데 말이야

진선(眞蟬)씨는 자존심이 강해
참 진 자는 아무나 쓸 수 없는 거라면서
참꽃 참기름 참빗 참나무 이런 걸 보라고 해서
내가 참새는 했더니 밥 먹으러 내려왔다 에이 하며
가버렸네

우리 객실은 좌우대칭으로 마주 보고 있어
나는 그들을 기상시켜 기지개 켜게 하고 또 잠자리
에 드는 일도 거들지
물론 스위스 몽블랑 요들이슬같은 식사도 제공해

유지선(油脂蟬)씨는 아주 기름져
딕 쯔그르르르 띡 즈그르르르 지글지글지글지글
부친도 지역의 유지야 간혹 기름종이냐고 놀림 받
기는 허지만

추올스 추을스 스삐요스 스삐으스 츠쿠츠쿠보우시
씨우유 쥬쥬주 치우츠 씨우 츠츠르르르
조선(鳥蟬)씨가 핑계를 대는 거야 새소리 같지
숙박비가 밀려서 죄송하다면서 뮤지컬 오디션에 붙
으면 해결할 거라고 허네
간혹 무뚝뚝할 때는 담배 터는 소리를 내서 별명이
연초선(煙草蟬)이야

잠깐만 당랑감찰(螳螂監察)이 나왔네

손님 중에 간혹 불법 체류가 있어 저승사자거든

말선씨는 11호실 진선씨는 9호실
건너편 2호실엔 유지선씨 5호실에 조선씨
글구 아직 이름이 생소한 쓰 뭔가 름인가 하여간 그
분은 들락날락하고 있어
어제 로비 소파에 앉아 소리 없는 아내가 보내온 편
지를 울음을 삼키며 읽더라고
내가 무슨 내용인가 훔쳐보니
쓰름쑤름 스테얼 수테얼 씨리얼 쓰리얼 스피린 시
피린
우리 아이들은 뿌리깊은나무 기숙사로 갔어요
우리랑은 만나지도 못하고 6년 동안 있을 거래요

숙박업이 불황인데 언제까지 할 거냐구
우린 대실은 안 하니까 더 어렵기도 해
간혹 털선 무리들이 새벽에 와서 잠시만 있다 간다
고 우기는데
걔네들은 저녁이고 새벽이고 끈질기게 우는 애들이

거든
　　아무래도 장기투숙객에게 피해가 되기도 하고

　　손님들의 열정적인 소리를 번갈아 들어주다 보니
　　문밖의 소식엔 좀 둔해지기도 했어
　　그래도 이젠 식구처럼 된 손님들을 내쫓을 수도 없
고 말이지
　　버텨야지 뭐 버텨야찌르르르

전립선염 前立腺炎

대체 어디야
뭐가 문제야
가늠할 수가 없넹

불알
당기지 말구 좀 가만히 있어봐
엥 당긴 적 없어
늘 뜨거운 곳이라
라디에이터 두르고 식히느라 정신없어

똥꼬 너야
가끔 피 쏟아내잖아 아무래도 너 같어
야야 그러지 마
네가 매운 것만 처먹지 않으면
아무 문제 없어
매운 놈들이 밀어닥치면 어쩔 도리가 없어
똥이든 피든 쏟아내는 수밖에

오줌이 잦고 급하고 밤에 깨고

화끈거리고 불편해서
오줌보와 오줌길 의심했는데
누명 씌운 거 미안해
사타구니와 허리가 나서서 해명했어

그러구보니 너구나
오줌보 밑에 얼굴 가리고 숨은 밤톨
정정당당하게 앞으로 나서봐
이름이 前立앞서긴데 뭐해 이름값을 해 쯔쯔
이제 알았어 간밤에 쌌을 때
고무장화 안에 피가 비친 거

담열 膽熱

1983년 여름,
지리산 자락 산내면에
의료봉사를 갔다
닭죽을 끓이는데
맛을 본 선배가
너무 쓰단다
죽을 저었던 나무가
소태나무라고
교수님이 일러주셨다.

2010년대 초중반
대중교통으로 다니던 때
광명사거리역
7번 출구로 오를 때면
그때처럼 입안이 썼다
그리고 눈도 뻑뻑했다
그런 날은
정류장이나 버스안에서
눈마사지를 꼭 했다.

그러다 어느날
씻은 듯 삼킨 듯 사라졌다
차를 가지고 다니는
근래는 아주 말짱하다
무슨 문제였던가
증상으론 담열(膽熱)이다
체질적 요인이다
인정받고 싶은
욕망이 치솟았던 때다.

비문 飛蚊

이게 모기여 날파리여 어떠케 쫌 혀봐 선상님
근디 선상님은 여그 벌레 잡는 선상님은 아닌감
나가 잘못 왔남

기계박사님 내 눈에 와이퍼 좀 달아주셔
아님 건어물전처럼 돌아가는 파리채를 좀 맹글어주
든가
핏줄 속으로 로보뜨도 들여보내는 시상이라는디 그
정도는 되것주

아덜이 디자인인가 먼가 눈 쓰는 일을 허는디
갸도 벌써 나같은가봐 우쩐데
고것들이 쌍쌍으루 새끼도 치고 자꾸 커져갰구
아그 눈을 개려서 아그가 일줄을 놓으면 어칸데

코로나19 때 잘 알지 않았습니까 바이러스가 얼마
나 무서운 놈들인지
맨눈으로는 보이지도 않는 것들이 말이죠
외계생명체라고 꼭 거창하고 클 필요는 없죠

모든 기계장치는 작고 정밀하게 만드는 게 어려운
법이고
최첨단 비행체는 자체로 스텔스 기능도 있죠
사람들의 눈 속에 들어와 있는 이놈들이 외계 비행
군단이라고 믿습니다

아따 그 냥반 참으루 똑똑하구 유식허시네
그럼 갸들은 왜 사람들의 눈 속에 들어온겨
증표죠 휴거 말인데 이거 아셔요 그날에 그들과 함
께 들려올려질 겁니다
아이쿠 이거 유식허더니 안드로메다로 기냥 날아가
시네 그랴

예전에 영국에서 폭우가 쏟아지는 날
기차가 질주하고 있었죠 기차가 향하는 철교에
물이 삽시간에 불어나 교각이 무너지고 철로가 끊
긴 거죠
사방은 어둡고 앞을 분간할 수 없는데
기관사가 보았어요

협곡을 지배하는 거대한 콘도르처럼
기차를 멈추려는 듯이 귀신같은 검은 물체가 팔을
벌리고 선 것을

그림자였죠 기관차 조명등에 붙은 곤충의
거미였나 뭐 그런 큰 벌레였다죠
그럼 이건 파리여 모기여 아님 실이여 선상님
이번엔 제대로 온 건감

빛은 생명이고요
늙음은 점점 어두워지는 생명의 굴이에요
그림자는 빛의 검은 생명이지요
갸들이 굴에 들어온 어르신 앞에서
조심하쇼 조심하쇼 하고 있는 거죠 뭐

근디 선상님 이건 너무 어룹따
넹 그림자라니까요

쥐젖

쥐 서당에서 운동회 하는 날
젖을 채 못 뗀 생쥐가
엄마 젖을 물고 매달려서 말이지
엄마는 안 된다고 몸을 비틀고
생쥐는 안간힘을 쓰며 달라붙다가 말이지
대감댁 사랑채 천정이
푹 찢어졌지 뭐야
난데없이 둘이 바닥으로 픽떡 떨어졌는데
마님 사타구니 희롱하던 분이가
마침 그눔이 궁금하던 참인데 말이지
생쥐가 문 엄마 젖이
그눔과 똑 닮았거든 글쎄
대감마님 이 새끼불알이
인자 보니 쥐젖이네유
했다나 어쨌다나

쥐젖은 스킨태그
피부에 붙은 꼬리표
그날 이후 동리에서
쥐젖마님이라고 놀렸대나 어쨌대나

안심팔기

나의 메뉴는 안심이다

조마조마한 안심
조급한 안심
놀라운 안심
짜릿한 안심
흥분되는 안심
화끈한 안심
톡쏘는 안심
투플러스 안심
무거운 안심
사치스러운 안심
퍽퍽한 안심
지긋지긋한 안심
흔들리는 안심
식는 안심
불안한 안심
을 손님의 입맛에 맞춰 처방한다

이런 다양한 시즈닝에
고객들은 오히려 불만이다

어쨌거나 이것은 생업이므로
통 큰
통 깬
통 짼 결정
을 했다

무색 무취한 안심
순수 담백한 안심
청정 신선한 안심만
을 팔기로

오십견

어깨는 스스로 상류층이라고 믿었어
허리는 중류 무릎 발목은 하류
그는 둥글게 회전하는 우아한 차원의 관절
중앙권력인 머리와 심장도 가깝게 있지
어깨를 앞이나 위로 들어 올리면
경례는 하일 지휘론 마에스트로 지시엔 트럼프
귀족에 어울리는 직책과 역할이지
발가락은 비교도 안 되는
섬세한 부하인 손가락은 덤이고

기계는 오래 부리고 자꾸 써먹으면
녹슬고 삐걱거리고 고장 나잖아 퇴행성 염증이 그
거야
세월을 거꾸로 살 수는 없고 점점 심해지지
그런데 오십견은 좀 달라
심하게 써서 꼭 생기는 것도 아니고 냅두면 사라지
기도 해
메이지(明治)가 되기 전에 일본에선 어깨병을
장수병이라고 했네 쉰 살 넘기기 어렵던 시절에

오십견 가졌으면 대접 받을 어르신였다는 거야

생각도 없이 전철을 탔지
옆 사람과 어깨가 부딪혔는데
기관사가 전동차를 통째로 브레이크를 잡아서
쇠바퀴들이 저마다 번개같은 불꽃을 튀기면서
직찍찌그르르 흔들리며 쑤셔대는 것처럼 아팠어
동네 1번 버스기사가 과감하게 꺾는 모퉁이에선
손잡이를 잡고 버티는 팔 전체가 아프다 못해
마비가 그걸 놓으면 어깨가 절벽 밑으로 떨어질 거
같았지
그 남편은 운동 부족이라면서
난데없이 운동장에 나가 철봉에 매달리고
문수아저씨처럼 푸쉬업을 하더니
잠도 못 자고 눕지도 못 하고 대책이 없네

큰일이군 뒤로 빼돌려두었는데 손이 뒤로 돌아가지
를 않아
팔짱 끼고 챙겨주던 사람은 팔짱조차를 낄 수도

없고
　밀어주겠다 하고 한탕 챙겼는데 약속을 지킬 수가
없겠네
　오십견으로 꽝꽝 얼어버린 어깨는 고민을 거듭했어
　중앙이 잡혀가고 나면 다음은 곁다리 차례야
　오십견이 서서히 노리고 조여 오는 특별한 징계라
는 걸 모르고 있었네
　혼자서 올릴 수도 없는 어깨는 더이상 귀족이 아니
라는 걸
　섬세한 손가락도 아무 쓸모가 없다는 걸
　가려운 등 하나도 시원케 긁지 못하는 걸 말이지

신경치료

도시에 흉흉한 소문이 돌았다 음침하고 깊은 구석의
한 건물이 뿌리부터 썩고 있었다 벽에는 긴 틈 골조
는 녹슨 채 노출되었고 전철이 지나는 진동에도 흔
들리고 삐걱댔다 냉난방도 끊겨 도저히 사람이 있을
것 같지 않았다 그런데 간혹 비명 같은 소리가 안에
서 울렸다 이따금 쓰레기 주머니가 매달렸다 거기서
피고름처럼 악취가 풍겼다 그 날 단 하룻밤에 지휘부
는 그 건물을 없앴다 동이 튼 후에 사람들이 본 건 그
자리에 허옇게 콘크리트로 마감된 평평한 바닥이었
다 사실 그곳은 도시게릴라의 은신처였다 그 사태에
서 용케 몸을 피했던 무리들이 복수를 계획했다 그들
은 지휘부 유력 인사의 아들인 신경을 납치해서 인질
로 잡았다

감찰 : 파노라마 촬영 중 레이더 작동 중 좌표 확인
　　　3-6
본부 : 요원 대기 요원 대기 송수신기 셋업 대기 헬기
　　　는 좌표 3-6으로 접근 중
본부 : 테러리스트 무장 중 인질 생환 중요 인질 생환

중요

헬기 : 좌표 3-6 상공 선회 중

본부 : 좌표 옥상으로 드릴 장착 드론 접근 중 헬기 사
　　　격권 밖으로 이동

본부 : 옥상에 통로 확보 요원 침투 준비

헬기 : 요원 통로 확장 도구 지참 레펠 하강

본부 : 작업 중 테러리스트와 교전 대비 사주감시 요
　　　원 배치

본부 : 특수도구 지참 요원 투입 도구를 옥상 구멍에
　　　서 길게 내부로 밀어 넣어 인질 구출

헬기 : 특수도구 작업 요원 추가 하강 투입

본부 : 동서남북 네 방향으로 구석구석 끝까지 긁어
　　　끌어낼 것

본부 : 테러리스트 저항 시 사살 가능 인질은 구할 것
　　　인질은 구할 것

본부 : 테러리스트는 잔당 남기지 말고 모두 제거

본부 : 아 인질은 구하라니까 새꺄 이 새꺄 신경은 구
　　　해야 된다니까 새꺄

본부 : 헬기 저 새끼 누구냐 헬기 응답 안 해 너 새끼

　　　　야 이 새꺄
감찰 : 상황 종료 측면 다발 모두 주변 정리 빈 공간에
　　　　고무 충전제 투하 철수
본부 : 야 너 감찰 뭐야 니가 내 상관이야 임마 누가
　　　　신경 죽여도 된다고 했어
감찰 : ……

지휘부는 그 날 밤에 옥상에 구멍을 냈던 건물 전체
를 금속재질로 덮어 씌웠다 동이 튼 후에 사람들이
본 건 건물이 있던 자리에 생긴 황금빛의 거대한 왕
관 같은 무덤이었다

담결

원산폭격은 제일가는 사랑의 표현이라는 누군가의 말. 내 등판 죽지 아래의 근섬유들이 일제히 피부 표면을 향해 원산폭격을 하고 있다. 그네들의 목부터 뒷짐 진 손가락의 끝까지 차차로 굳어져 갈 때, 내 등 전체가 얼얼해진다 그러다 서서히 무뎌진다. 누워 잠들었다가 떠진 눈, 몸을 옆으로 틀려다 화들짝 멈춘다 잠이 깬다. 그런 후엔 자세를 바꾸는 것이 아주 조심스럽게 된다. 내 등이 아닌 거 같다 바닥 면으로 한없이 무거운 기운이 당기고 있다. 이때 뻗친 근섬유의 행렬을 한쪽 옆에서 툭 치면 도미노처럼 무너질, 통증의 행렬이 그들의 등과 내 등을 타고 날아 날카롭게 흐른다. 때로 뻗친 넓적다리마다 대걸레 자루로 내리치듯이 통증이 오기도 한다. 등과 가슴은 갈빗대 옆구리로 길을 내서 이미 내통하고 있다. 간혹 아픔을 순식간에 앞으로 이송한다 그럴 때마다 숨도 꽉 막힌다. 그 새벽 다시 잠들긴 글렀다.

예전에 한의원에 가면 흔히 담(痰) 결렸다고 했다. 무심히 푹푹 찔러 부항을 붙이고 피를 뺐다. 통증 양상이 좀 가벼우면 늑간신경통이라고 불리기도 한다. 「와우도인의 병리학」에 따르면 바이러스는 지구의 지배자다. 맨눈으로는 보이지도 않는 생명이란 규정을 비웃는 단백질 덩어리다. 공기 중에선 단백질 숙주에 들어가면 생물처럼 후손을 퍼뜨린다.

들락날락하기 귀찮은 건지 대상포진바이러스는 몸 안에 장기 주둔 중이다. 이놈들은 주로 야행성이다. 피부에 레이스 훈장을 달기 전에는 알 수 없다. 대상포진바이러스는 정체를 숨기고 있다. 머리에 얼굴에 목뒤에 등에 가슴에 허리에 엉치에 배에 허벅지에 장소를 가리지 않는다. 단지 통증만으로 대상포진인 걸 어찌 아느냐고 따지고 싶을 것이다. 보이는 것으로만 믿어버릇한 당신들에게 눈앞에 제시할 근거는 없다. 다만 체질침으로 바이러스 치료를 하면 된다 그게 뚜렷한 증거다.

피와 똥

1.

피와 똥이 나온다. 똥은 제 몸에 피 묻히는 게 싫다는 듯, 피는 똥과 섞이지 않겠다는 듯, 산탄 총알처럼 선홍색 피조각이 변기에 박힌다.

직할시의 서북동쪽을 길게 순환하는 버스가 있었다. 본리동에서 죽전동 방향으로는 101번이고 반대로 돌면 111번이다. 101번이 지나는 곳엔 여학교가 많고 반대편 111번 길 쪽으로 내리면 남학교가 많아서 그런 거라는 야설이 있었다. 101번 버스와 111번 버스가 중앙선 양쪽으로 엇갈리며 교차하는 순간에 그 찰나에 눈 맞은 여학생과 남학생이 있었을지도 모른다. 그게 이 야그의 시작이었을 수도 있다.

우리 몸 안의 핏줄인 동맥과 정맥 사이를 이어주는 건 모세혈관이다. 그런데 항문에서는 모세혈관이 없이 동맥과 정맥이 직접 만난다. 그래서 똥꼬가 터지면 빨간 피가 나온다. 이건 똥꼬에서 동맥과 정맥이 눈을 심하게 맞춘 결과가 아닐까.

우리가 먹는 것은 피가 되고 오줌이 되고 똥이 된다. 위내시경은 인후 식도 위 십이지장으로 가고, 대장 내시경은 항문 직장 결장 회장까지 들어간다. 위로 들

어온 위내시경과 아래도 쑤신 대장내시경은 결코 눈
을 맞출 수 없다.

눈이 맞는 건 마음이 통하는 일. 그런데 피와 똥이
함께 나오다니 피와 똥이 몸을 부비다니 몸을 섞다니!

2.

피차는 말뚝처럼 공단역 앞에 버티고 있었다. 말뚝
박기 오래 당하다 보면 코가 맹맹하다가 피가 터졌다.
공단역앞 피차에서는 내게 몽쉘통통을 먹였다. 똥차
는 천산갑처럼 골목 입구에 꼬리를 드리우고 똥통의
사타구니를 후비고 있다. 천산갑은 꼬리를 말아 공처
럼 둥글게 해서 몸을 방어한다. 똥차는 꼬리를 몸에다
말고 냄새를 그저 벙글벙글 풍기며 갔다. 싱글벙글한
냄새다.

그땐 신문을 조그만 손수건만큼 잘라서 변소 문틀
에 철사로 꿰어 두었었다. 그날 우리 식구의 똥들이
하방으로 첨성대처럼 쌓여 있었다. 파리의 하얀 애벌
레들이 양식장의 미꾸라지처럼 엉키면서 몸을 섞고
있었다. 성숙한 선배들은 송판 벽을 타고 오르고 있었

다. 어떤 날엔 대통령의 얼굴에 똥가루를 묻혀 투하하
곤 했다. 가끔 고바우 영감이 너무 웃겨서 똥 닦는 것
을 까먹기도 했다.

지금은 비데를 켠다. 물줄기가 김어준의 손끝처럼
똥꼬 깊숙이 올라간다. 새하얀 양변기에선 피가 너무
선명하다.

3.

피와똥화해진실규명을위한특별검사가 압수수색
영장을제시하고 항문괄약근을열었다 이크문앞에서
부터피다 유익균간사와유해균간사는 청문회증인신
청신문기일을합의하지못했다 특별검사보는알리바
이를주장하는 융모세포에서증거물을채취해서 유전
자포렌식을진행할예정이라고한다 폴립기둥뒤에는
명란이착달라붙어있었다 이놈은애초에크림파스타
소스속에 밀정처럼몸을숨겼던놈이다 동남아시아에
서유래한것으로의심되는 매운양념들은곳곳에빨치
산처럼잠복해있었다 이놈들은사실먹을때는매운지
모른다 그러다가마치포트리스게임처럼가스가내장

된 박격포탄을쉴새없이장벽을향해발사한다 그러면
장이탱탱볼처럼부푼다 피는바로압력의결과인것처
럼보였다 특별검사는우선유력한증인중하나인 대장
균촌장에대한출국금지를요청했다

4.

인류의 역사 속에는 온갖 고문 방법이 있다.

내 입장에서 보면 가장 고통스러운 고문은 돌아간
김기덕 감독이 영화에서 구현했다.

홀랑 벗겨진 몸으로 공중에 달려 있고 엉덩이 밑에
는 날카로운 쇠창 끝이 버티고 있다.

선언한다. 나는 채 5분도 버틸 자신이 없다. 아는 것
을 몽창 다 불어버릴 거다.

나는 그곳이 매우 취약한 사람이다.

방아쇠손가락

스나이퍼
올 것이 왔군
레이저도 더듬어 오고 있어
드론의 눈빛이겠지
그래 당신은 구시대의 유물일 테니

방아쇠는 당겨졌고
잠겼지
조준경도 총열도 탄창도
견착된 개머리판 따라
굳었어

손가락에
당신의 역사가 몰렸군
엘리베이터 와이어로프는 도르래를 지나
손가락의
굴건(屈腱)은 활차 아랠 통과하지
그런데 막혔어 잠겼어

퇴로를 생각해야 할 걸
스나이퍼
방아쇠를 당길 때
검지 끝이
어딜 향했었나
떠올려 본 적은 있나
방아쇠를 당긴
마지막 스나이퍼일지도

시간은 많지 않아
이젠 이차원게임 같은 거지
슈퍼마리오처럼 굴뚝을 넘을까?

병리학

옻

백발이던 중년의
짱구분식 아저씨
속 깊은 이야기 좀
염색만 하면
고추 끝이 헐어요

십 년 후에 만난
초로의 부인에 듣는
깊은 속 이야기
염색을 하면
질 점막이 패어요

옻이 아니면
색이 못 달라붙죠
그런데
신장이 약한 체질은
옻에 민감해서 문제요

옻은

세간을 흔들던
유명한 암 처방
민감하다면
약이 될 순 없겠죠

이간 離間

아들과 딸 둘 둔 모친
작은 딸 내외가 살피러 와
셋인데 아들 전화가 와
- 어머니, 잘 계세요?
- 응, 나 혼자 있어.
딸이
- 엄마, 우리랑인데 왜 혼자?
- 응, 오빠가 널 싫어하잖니.
나중에 아들에겐
- 딸들이 가까이 있어도 아무 소용없어.
명절이면 늘
우애 좋게 지내라던 어머니가.

큰 딸은 아들에게
- 니 아빠 너무 오바야, 아주 즉흥적이야.
- 너두 겪어봐서 잘 알지, 자기 멋대루인 거.
그러곤 집에 와서
- 아빠가 너무 이기적이래.
- 혼자만 유별나다고.

제갈공명이 잘 쓰던 계략
- 왕권을 노린다.
- 남의 여인과 통했다.
- 적진에 투항했다.
이거 참 단순한 건데
잘들 넘어가.

오랜 옛날 중국 기록에
사람 마음에 상처 주고 해코지하고
다른 이가 잘 되면 성질내고
질투하는 마음으로 정이 없는
사람 있다고.

가장 낮은 속마음은 날 것
늘 가까운 이에겐
빗장 풀려 들켜
그네의 불안과 욕망은 무어!

위담

새벽 세 시만 되면
배꼽 주위가 아프다
씨리리 쓰르르 쿠코콕
잠을 깬다

동네 내과를 거쳐서 대학병원에 갔다
정밀한 검사를 모두 했지만
위장관에 별스런 문제는 없다
결국엔 신경정신과
한해동안 십키로가 빠졌고
위장약과 안정제를 먹는다

시중에 떠도는
위담이라는 말은 기실 위담(危談)이다
실체는 없다 그러니 홀리기 쉽다
면허를 가진 자도 낚이니 대중은 두말할 나위 없다
유행은 돌고 돈다지만
현대적 의료 유행의 핵심은 돈이다

투수의 스트라이크존이
위아래 안쪽 바깥쪽에 어디든 걸치면 되듯
위담에선 조금이라도 걸치면 위담이다
이분도 위담에 갈 뻔했다
그랬다면 갖가지 시스템 처방을 몸속에 쟁여 넣으며
순순히 돈을 토해야만 했을 것이다

우정본부 다니다 퇴직한
이분은 우선 자신을 믿지 못하고 있다
그래서 부러 목소리 톤을 높였다
절대 위장병은 아니니 약을 끊어야 한다고 얼렀다
첫 치료에서 효과가 없었다면
분명 도망갔을 것이다
바탕에 의심을 가진 분이다
나는 줄곧 바이러스 치료를 했고
간간이 흔들리지 않도록 도왔다
삶의 길은 결국 안목이다
무엇을 믿을 것인가

진정한 변비인

「공동경비구역 JSA」이 병장
진정한 변비인의 자세는
신호가 왔을 때 바로 배변하는 거
설사 지뢰밭이라도

삶은 밥심
밥심은 뱃심
뱃심은 똥심
입에서 항문까지는 관
똥 오래 가두고 있는 사람
밥심에다 똥심까정 버티고 싶은 거

사흘이든 닷새든 열흘이든
언제 똥 눠야 한다
생각이 없어
그러다
설사 지뢰밭이라도
마려울 때 보면 끝인 거

근디
생각을 잘못 먹어
환자다 여긴다면 끝인 거
설사 지뢰밭이 아니라도
자연스럽지가 않게 되

진정한 변비인은
설사 지뢰밭이라도
신호가 오면
일단 까고 쪼그려야 하는 거
그게 똥심으로 사는 자세

매일 쾌변
필생의 목표인
사람과 산다면
함께 그 둘 어떤 거
설사와 변비라는 지뢰밭

과민성대장증후군

성이 과민인데
원인에는 관심도 없지
그렇다면 이름이 그럴 필요 없는데
분류를 턱
변비형 설사형 혼합형 가스형
알만 해 투망식이잖아

수험생인데
장이 민감하대
그럼 수능 보는 날
뭘 먹는 게 부담이잖아
굶고 버텨야 해 이거 참

아침 아홉시서 열시 사이
꼭 화장실에 가야 한대
부글거려서 못 참는다고
설사도 잦고 늘 이 모양

똥 나올 때 화끈거린다고 해서

일찍 감을 잡았지
치킨버거를 주 세 번은 꼭 먹고
불닭 떡볶이 매운 거 좋아한다니
물어보자마자 반은 고친 거지

처음 만난 날
매운 거 닭 오리 현미 사과 토마토 망고 금지
침 맞고 가서
조심하니까 바로 좋아진 걸
음식 말해준 의사 처음이라고
두 달 뒤 수능 별 걱정 없어

과민성대장증후군은
대표적인 제약사 친화병
이거 말고도 많아

스포츠탈장

예전에 말이야 쏘니란 선수가 있었어
전세계를 돌면서 맞짱을 떴지
쏘니가 안면 마스크도 여러 개 작살냈어 마스크

쏘니 스타일이 딱 이래
너 서혜부탈장이야 난 스포츠 나 쏘니야
아픈 거 참고 뛰고 무조건 감차로 돌리는 거야
존 빠질 때까지 뛰다보면 통증도 지나가는 거 아니
겠어 이래
내 말 내 내 말 잘 들어
내 내가 탈장이다 그러면 무조건 탈장이야
내 말 토 토 토트넘 토다는 새끼는
전부 배반형이야 배신 벤탄쿠르 배반형

헝그리정신 잊지 마 승리에 굶주려야 해
주급 삼억 그거보다 승리 승리
니 니들도 리치 조만간 더 더 정말 더 잘 나갈거야
롤스로이스 타고 람보르기니 조타구 페라리 타구우
클럽 다니고 이브 싸롱 안방 드나들듯 드나들게 될
거야 정말이야

그때 가서두 햄버거 쪼개서 먹던 시절 아이스크림
사탕 팔던 시절
축구화 없이 맨발로 뛰던 시절 절대 잊어선 안돼
이브 리치 니들은 잘 모르겠지만
개구리 잡아 먹구 뱀 잡아 먹구 그랬던

잠재워 감춘 사타구니 통증은 결코 아무도 알아주
지 않아
그렇지 리치 너두 계속 욕 먹구 참구 뛰었잖아
무대뽀정신으루 팬들이 놀렸잖아 성병이냐구

예전에 말이야 쏘니란 선수가 있었어
전세계를 돌면서 맞짱을 떴지
근데 쏘니한테 작살 안난 게 있어 스포츠 그래 스포
츠탈장이야
그처럼 존나 빠르고 역동적인 선수에게 따라붙는
거야
그건 사실 탈장이 아냐 튀어나오진 않아
그래서 쏘니가 헷갈려 허점을 보인 거지

수족다한증

자아 보세요
아무 것도 없죠
이렇게 주먹을 쥐고
손에서 물을 짜 냅니다
눈속임이 아닙니다
손바닥이 흘리는 눈물입니다

공부를 못한 게 아녜요
근데 중요한 시험마다 망쳤죠
답안지가 찢기는 건 기본이고
카드 마킹한 게 번져요
새 걸로 바꾸면
다음엔 펜이 미끄러져요
시험지를 읽으면서도
실수할 걸 미리 걱정하니
집중할 수가 없는 거에요

병원 가서
교감신경 자를 뻔 했죠

물론 그 이전에
별의별 방법을 다 해 본 건데
그냥 수술은 하기 싫더라구요

사회에서
어떻게 살아갈 건가
마술사는 손이 생명인데
사실 축축한 손이
핸디캡이지 장점은 아니죠
그런데
이건 나만이 보여줄 수 있는 거다
하고 이것과 어울리는 마술을 짰죠

나이 얼마 먹진 않았지만
삶이란 게
잘 연출된 마술쇼가 아닌가
그런 생각으로 살아요

쇼그렌 증후군

임자 눈 까끌거리지 햇빛 쐬면 더 글구
입도 말러 계속 물 마시자녀
여도 긴가버 영 뻑뻑혀 안 디가
예전 어른 말씸이
이럴 땐 챔기름 허셨는디
고게 딱 맞는 거 같어
근디 고넘이 너무 꼬순내가 나자녀
그거 발랐다가는 기냥 동네방네 소문내는 겨
백주대낮에 말여 궁합이 찰떡이라구
임자두 아프지 그럴 겨 디리갈라는디 앞만 쬐끔
글구 안 디가
아덜이 라브제린가 먼가
그걸 슬쩍 갖다뒀더만
애비애미의 원활헌 오락을 위해서 말여
당신이 야그했간 난 안 혔어
근디 그 물건이 말여 차가운 거 아녀
디리 밀기 전에 잡고 처바르면 아고
그새 섰던 눔이 고만 푹 죽는단 말여
문 앞에서 말이시

그러니께 무용지물이여
다시 세우기가 올매나 어려븐디

달거리가 웁서진 거는
인자 아 날 일이 웁다는 긴디
그래서 지절로 거그도 뻐뻣해지는 거 아녀
긍께 멀 자꾸 쑤셔싸
피차가 고로운 일이여 고만 혀
자기두 이잔 팽팽허지가 안어
딜이밀어두 먼가 빠빳한 구석이 이씨야
쑥 들어설 거 아녀
가떡이나 말라붙었는디 말여
글구 빙원 신상이
나가 머 쏙으란 거 머 그거랴
자기께 될 쭝 알고 딜어오다가
깜빡 쏙는다는 거 아니겠어
그거여 쏘그란
아구 말 마니 혀니 기침나자녀 커컥

베체트병

당신은
내 혀를 받기
힘들어 했어요
은밀한 샘에서 유영하는 것도
난 눈을 뜨고 말았어요
신음 일그러진 당신
오르가즘이 아니었어요
어찌 해야 할까요
밝은 곳에서 보아야 할까요
당신을

당신이 위
아래 더 아래
깊이 묻어둔 아픔을 절망을
너덜너덜한 혀
행성의 숨은 계곡
독버섯의 징표 같은
그 노란 구멍들을
오오

빛도 당신에겐 고통이군요

나를 위해
무릎 꿇지 마세요
그냥 당신을
던지세요
오래
당신을 품을게요

크론병

베트남전에서 미군은
정글에 숨은 베트콩을 잡으려고
네이팜 탄으로 불태우고 고엽제를 살포했다
「지옥의 묵시록」에서 킬고어 중령
나는 아침에 맡는 네이팜 냄새가 좋아*
베트콩은 땅굴을 파고 버텼다
다양한 부비트랩을 설치해서
노출에 대비했다
호주군과 미군은
땅굴쥐와 땅굴흰족제비를
굴속으로 침투시켰다
베트남전은 땅굴전쟁이었다

창자에 굴을 판 게릴라는 누구인가
창자끼린 보급로
피부로는 환기구
오줌보까지 급수관
막힌 곳은 대피소
붉고 긴 참호에 눕고

둥근 돌 같은 엄폐물에 숨어
고름주머닐 터뜨리고 독개스탄을 쏘는
그들은 누구인가
항복 깃발로 감춘 피덩이 지뢰
위장막으로 가려진 함정
사정 안 봐주는 물똥
아군인지 적인지 모호한 일제 때 밀정같이

지치게 하고
힘을 빼고
마르게 하면서
이 전쟁에서 쏟아낸 피는
이 끝 모르는 아픔은
누구를 위한 건가
창자를 막고 뺀은
그 게릴라는 과연 누구인가

---

* "I love the smell of napalm in the morning."

삼차신경통

드라큐라가 반할 치명적인 목선
그이의 콧김이 귀밑 솜털들 사이로 낮게 비행해
올 때
살짝 달아오른 혀 밑에서 몰래 굴린 침 한 방울이
목젖을 꼴딱 넘어갈 때
나는 미리 심장을 열고 그이에게 감전되지
무장해제란 이런 경우
드뎌
나의 모든 구석을 찾아 희롱할
쫑긋 세운 그이의 섬세한 말초들이
그이와 나 사이
농밀한 공간 속을 유영하여 오는 것을 느껴
내 은밀한 샘도 촉촉이 젖어
눈은 벌써 감긴 듯 몽롱해지려는 그때
어디¿ 턱에 입술에 볼에 닿은 그때
번쩍¡ 치찌르르르 으악 으아악 이 무슨 변고
송곳니가 내 목을 뚫었나

그이와의 연애는 그날 그대로 무너졌다네

피를 보지는 않았지만 이것은 심장에 연동된 통증
번개같이 맥박처럼 툭툭 뛰는 예측할 수 없는 가시

이제
내 뺨을 저 부드러운 바람결에 맡길 수 없다니
내 입술로 그이의 다정스런 손가락을 깨물 수 없
다니
내 잇몸을 그이의 감미로운 혀끝이 품을 수 없다니
내 앞에 차려진 저 놀라운 음식들에 마음을 뺏길 수
없다니
하염없이 흐르는 이 눈물로도 얼굴을 씻을 수 없
다니
토닥일 수도 없다니
떠날 그일 잡고 하소연할 수도 없다니

내 머리뼈를 뚫고 들어와 저질러 놓은 것이
겨우 테플론 조각을 끼우는 일이었다니

흉곽출구증후군

닭을 튀기는 건 삶이다
가게도 튀기고
집도 튀기고
땅도 튀기고
가족의 꿈도 뻥 튀기고 싶다

튀김망과 집게는 삶의 반려
수술실의 로봇손처럼 정밀하게
튀김옷의 바삭을
빠삭하게 가늠하는 집게
배달 나간 남편은
또 딴 데로 도나
튀김망엔 기름을 털 듯 시름을 턴다

남편도 튀겨줘야 할까
튀겨진 것들은 꿈
도망 못 가게 콱 움켜쥐어야 한다
빠져나갈 틈 없게 꼭 품고 안아야 한다
그렇게 끌어안고 살았는데

난데없이 양 손이 팔이 저리더니
툰 퉁그렁 챈 챙그렁
튀김망과 집게가 바닥으로 추락했다
별안간 삶이 턱 막혔다
머리는 찌끈찌끈 귀도 멍

고개를 뒤로 젖히고
가슴을 여는 자세를 가볍게
양 옆으로 목도 부드럽게 늘이고
이렇게 하라는데
양 팔의 힘을 풀고
꼭 껴안은 삶이 느슨해지면
겨우 잡아 둔 남편이
그새 튕겨져 새 나가는 건 아닌지
그게 몹시 걱정이다

대나무 척추

레슬러가 헤드록 걸듯이
하늘이 별안간 뒷덜미를 덮쳤다
그 후 등골에 대나무를 박아 넣었다

밤은 언제든지
거부할 수 없는 얼굴로 온다
야속하게, 익숙하게 잠을 일으켜 세우고
잠에 엉겼거나 떠다니는 꿈을 탈탈 털어낸 후에
그 잠을 챙겨 입고
남은 꿈의 뿌리를 뽑아내며
심야를 지나 새벽까지 싸운다
끊긴 꿈의 목숨을 잠의 정수리에 매달고
숨어버린 꿈의 잔당들을 쫓다가
눈을 열었다 아침이다
오늘은 어떻게 버텨야 할까

꿈은 아픔과 동격이다
잠에서 꿈을 없앨 수 없듯이
밤에서 고통을 지울 수는 없다
이렇게 매일 밤

통증들은 제각기 조각났다가 다시 한꺼번에 엉겨
붙는다
콘크리트 덩이는 두텁게 무겁게 더 뒤틀린다
아, 통증마다 하나씩 자물쇠를 채우고 싶다
그러다가 세상이 또 변했다
시야에서 하늘과 구름이 사라졌다

바닥만 보는 상체는 노틀담의 콰지모도
골반은 오랑우탄처럼 비틀린다
무엇을 먹을 수 있을까 넘길 수 있을까
그 순간 숨을 편히 쉴 수 있을까
세월의 시계바늘이 등을 떠밀더니
앞으로 나가보라고
엉덩이를 쿡쿡 찌른다
정말 그러고 싶다
제발 한 번만이라도 제대로 고개 쳐들고 걷고 싶다
오래전 주머니 속에 들어가 버린
손가락에 닿으려 늘 꼼지락거리는
평온한 그 일상이 그립다

귀울림

귀울림은 우주의 소리야
아무에게나 들리는 게 아냐
- 뭔 엉뚱한 개소리야
진지하게 말하면 좀 들어
아무나 다 알아먹는 것도 아냐
- 뭔 지랄 통역가라도 필요하단 거야
이제 좀 알아듣는군
그래 영성이 필요한 거야
우주의 마음과 통하는
- 아이고 두야
- 귀울림은 옛날 책에두 있어
그렇지 모든 것이 때가 있는 거야
예전에도 모래알은 있었지만
반도체 원료로 쓰인 건 근래지
- 그건 그러네
그러니까 우리가 있는 거야
엘로드 든다고
누구나 수맥 찾는 게 아니듯이
- 우주 신호 받는 장치 곳곳에 있다던데

맞아 전파망원경이라는 거지
중국에 있는 건 지름이 오백미터야
그야말로 돈지랄인데 먹통이니 허세야
- 그런 시설이 쓸데없는 거라고
우주에 깊고 먼 거대한
생명의 근원에서 보내는 거야
무얼 전하려는 걸까 알아야지
- 나이 들수록 귀울림 가진 사람들 많아져
그래 맞아 생각이 굳어지니까
우주의 잔소리가 더 필요한 거야
- 잔소리라 알아먹지도 못하는데 무슨
일정하게 들리다가 또 다른 소리가 붙기도 해
매미소리처럼 들리는 게 아주 중요해
그건 특별한 알림이야 명심해
- 너 무당이야 의사야

떤다

떤다 옷 맵시도 좋고 장신구도 멋진데
떤다 옛날에 한가닥 하신 거 같아요
떤다 다 털어 먹어서요 제가
떤다 겉으론 귀부인 같은데
떤다 파킨슨병 염려에 치매 오는 건 아닌지
떤다 놀랠 일이 많았죠 중풍은 아닌 거죠

떤다 권사님 성경 필사하듯이
떤다 거사님 묵언수행하듯이
떤다 도사님 전철역 입구에서 고기 낚듯이
떤다 갠지스 강변에서 몸을 거꾸로 접듯이
떤다 차마고도에서 오체투지 하듯이
떤다 해인사 대웅전에서 삼천배 하듯이

떤다 순천향병원 핵의학검사 예약했다고
떤다 신경외과 의사가 별문제 아니라고 해서 취소
했다며
떤다 진료비는 천칠백원 로또로 기부하듯이
떤다 집안 거덜 내고 이걸 얻었지 뭐에요

떤다 칠백미터 상공에서 윙슈트로 뛰어내린 사람
처럼
떤다 프리 솔로로 암벽을 오르는 임신부처럼

떤다 떨리는 몸은 하루치 악몽과 함께 방 밖에 풀어
두고
떤다 지난날의 그림자를 벗어 베고 눕는 방에서
떤다 두 팔 두 발 편히 뻗고 잠들기 위해

뚜렛증후군

슬그머니
말이 새어나간다
순간 터진다
내가 모른 누가 전보라도 쳤는지
작정도 없이 혀가 달린다
어깨가 덜컥인다
화합할 수 없는 비틀림
제멋대로인 눈꺼풀
씰룩거리는 입술

미친년
오오 그분은 내 엄마다
아아, 엄마

슬그머니
내 안에서
수신인이 다른 전보를 받는
나를 밀쳐내고 먼저 날뛰는
내 의지를 막아 세우고

내 입으로 나를 욕보이는
사람들이 나라고 보는
그는 미친놈인가
미친놈이라고 말해야 할까

미친년
오오, 엄마
아아 그가 또 외친다

공황장애

혹부리 할아범의 혹은 매직 혹이었어
어떤 때는 무릎 아래로 늘어져 마당을 쓸기도 하고
목 뒤로 걸어 삥 둘렀다가 또 우산이 되기도 했지
그러다간 어느 날엔 감쪽같이 없어진 듯 콩알 만해
지기도 했지 뭐야
혹부리 할아범의 혹 안에는 도깨비삼형제가 있었어
회색뿔도깨비 빨간뿔도깨비 보라뿔도깨비야
도깨비삼형제는 할아범의 혹 속에서 탈출술과 분신
술을 익혔지
모피어스가 스승이고 빨간약과 파란약을 구분해서
먹는 방법도 배웠어
오대수는 사설감옥에서 혼자 수련했잖아 애들은 삼
형제라 좀 빨랐지

어떤 날 할아범이 혹을 베개 삼아 낮잠을 청했을 때야
도깨비삼형제는 그들이 지닌 술법을 부려 세상으로
나온 거지
그런 후에는 사람들의 가슴에도 갔다가 목에도 붙
었다가

눈꺼풀에도 매달렸다가 머리 안을 기웃거려 보다가
뱃속에 들어갔다가 마음에도 머물렀다가
저마다 이리저리 떨어졌다가 붙었다가 날다가 돌다
가 했어

여사님은 비행기가 움직이려는데 갑자기
아아 나 죽어요 아이고 왜 이래요 비행기 흔들리네
제발 좀 아아악 그러다가
귀국하는 비행편에서는 얌전히 주무시면서 왔지
삼촌은 터널 앞에만 가면 들어가지를 못하네
영업하는 양반이 굴 없는 길로만 뱅뱅 돌아다니는
거지
이모는 으아아 가슴이 쿵쾅거리고 터질 것 같네요
숨도 너무 가빠요
어머 식은땀이 폭포 같잖아요 죽겠어요 119 그러다가
구급차 타고 응급실이 가까워지는데 슬그머니 일어
나 화장을 고치네 그려

이건 중국발이야 한 건 너무 경솔했지

무병이야 신병이니 하며 내림굿 바치라 권고한 것도
도깨비삼형제는 시간이 갈수록 진화해서
초정밀 진단기로도 당최 정체를 알아낼 수가 없잖아
제약회사만 덩달아 신났지 뭐 사람들 멍청하게 만
드는 건 역사도 길고 뭐
자낙스에는 때로 병속에 투명한 공기만 충전되어
있기도 해
음 아주 이상적인 약이지
절대로 그건 제조공정의 실수나 오류가 아냐

아 이제 할아범이 궁금하지 혹이 쪼그라들었네 도
통이시군
도깨비삼형제의 이름은 불안군 염려군 울(鬱)군이
야 울군이 대장이야
울이 뭐냐고 울릉도 할 때 울 답답 울 막힐 울이야
도깨비 잡으러 갈까

자과벽 自誇癖

입만 열면 제 자랑
제 자랑거리가 없으면
사돈의 팔촌 거까지 팔아
법원 송사에 얽힌
철모르는 아들의 처지도 자랑

산에 갔다가 굴러서
등을 몹시 다친 것이 늘 자랑
여든 훌쩍 넘은 남편이
개인택시 면허 갱신한 자랑
서른 넘은 손자가
물려받을 거라고 자랑

이런 독창적인 자뻑병은
금양체질의 고유병
자기가 중심이라는 습벽(習癖)
우남 연구 최고봉께서
「젊은날의 이승만」에 넣어 두었다네

별빛을 충전하는 마을

삐비비삑삐리리
응급알람
전자파군단의 습격이다
전자파군단의 습격이다
이미 VDT의 세상이잖아
눈 피로 머리 아프고
거북목 손목터널에 잠 못 이루는 건
시대의 유행 아닌감

도시에서 다른 도시로
시골로 산골로 피하다 여기로 온 거죠
와이파이 전신주 고압선 없는
알프스
우릴 취재하려면
휴대전화도 두고
DSLR도 놓고 오세요
우린 은둔자가 아녜요
생존을 택한 피난자인 걸요

자연에도 채널이 있어요
알프스의 공기는 늘 다른 빛이죠
모니터 속의 내 얼굴 말고
나를 바라보는
산과 구름과 새가 있어요
내 창으로 알프스가
아침 인사를 건네고요
우린 전파 진동 대신
메아리로 통하기로 했어요
해상도 따위에 얽매일 필요 없이
빛은 언제나 알맞게 동공을 열어주죠

전기가 흐르지 않는 마을이요
대신 내 몸에서 놀다 가는
별빛이 한 칸 두 칸 충전되고 있어요
산마루에 안테나는 없는데
아직은 휴대폰의 진동 같은 알프호른
메일 도착 알림음처럼 카우벨 들리네요
여기서 다시 숨 쉬는 법을 배워야 해요

피부묘기증

턴테이블에 얹힌 LP처럼
살갗으로 연주하는 바늘
미세한 고저
정교한 굴곡 찾아 증명하는 바늘
요염한 계곡까지 침투하는 바늘

좌초된 욕망 우울의 암실
달아나지 못하게 가둔
감춰지지 않는 송곳
벗어던질 수 없는 거죽
쓸 줄 모르게 뒤집고 싶은 손

실험실

구안와사 口眼喎斜

입은 삐뚤어졌어도 말은 바로 하란 거
입 삐뚤어진 사람 많았다는 얘기
다듬잇돌 베고 자면 그리 된다 했지

허리에 줄 감고 버티다가
벌렁 나자빠진 것처럼
상대에 협조할 생각은 아주 없다는 듯
죄다 모로 누웠어
얼굴 반쪽에만
아이롱 지나간 듯
주름의 기억마저 잃었어
웃음은 찌그러지는데
나도 모르게 윙크
그저 한쪽 눈물만 흐르고 있네

백 사람 만나면
백 가지 방법 듣게 될 거야
얼굴이잖아
한의는 중풍 온다 겁주고 우황청심원

양의는 뇌 문제라 얼러서 MRI

바이러스 이간질인 걸
대추나무 가지 물고 귀에 걸라던 거나
스테로이드 주고 시간 죽이는 거나
도찐 개찐

얼굴에 주름지는 게
이리도 반가울 줄이야
휘파람 안 배웠음
어쩔 뻔했낲 말이지

이석증

암만 혀두 병 이름을 잘못 지은 거 같어
나가 쓸개에 돌이 생겨 잘러냈는디
귀에서 큰 돌이 굴러다니는 중 알었어
돌이 막 굴러다니니께 머리도 어쩔 줄을 모르고 어
지럽자녀
귀는 이거 잘러낼 수두 없구 어찌나 걱정했단 말
이시

그러니께 그 돌이란 눔이
지가 갈 데를 못 찾아가서 생기는 거라 그 말 아녀
긍께 갸가 방황을 안 허게 맹글어줘야 한다 이거 아녀

응급실 갔더니 선상님이
다리를 펴고 반다시 앉으라고 허더니
머리를 오른짝으루 반을 돌리대
그러구 머리를 잡구 천천히 누우라고 허더니 뒤로
쫌 젖히구
그대루 견디구 조금 있으라 허대
그러다 머리만 반대짝으로 돌리더니

이잔 몸까정 다 돌리니 어깨가 바닥에 닿더만
얼굴은 바닥을 보랴
그런 자세루 쫌 있으니게 나럴 일으켜 주구 앉어있
으라 허대
이분쯤 지나니 다 됐디야
역시 좋은 핵교서 배운 분들은 달러 금방 좋아지
자녀

근디 또 생긴다는 게 문제여
예전에 노가다덜이 벽돌 쌓을 띠 수평 잡던 물 호스
맹키로
그런 거라는 거 아녀 귀속에 든 게 말여

우리 아덜 차 나빈가 네빈가 하는 늠이
하늘 높은 디 떠 있는 위성인가 뭐신가 허고 통헌다
는 거 아녀
그처럼 귀속에 든 물관이
땅속 깊은 디 있는 뭐신가 허고 맞춰야 쓴다는 거
아녀

그니께 하늘 위고 땅속이구 모다 빠릿빠릿허게 상
대허두룩 히야 헌다
이거 아녀

아츰에 들에 일 나가야 하는디 머리 들자마자 뱅글
뱅글 돌아가 싸면
병원 가서 고치고 와도 나중에 또 끄럴까봐 을매나
걱정이 되겄어
내 소견엔 불안해진다는 기 핵심인 거 같어
이름두 귀어지럼증 이러면 을매나 알아먹기 쉽구
좋어
돌 갸는 주인공이 아녀 헤매면서 그저 이리저리 쑤
시는 눔이지

안구건조증

눈은 마음의 창
마음은
열고 나갔다
기다린다
돌아올 날 위해
눈물을
아껴두고 있다

스티브 블래스 증후군

〈눈코〉 드러머 장기하
군악대 갈 연습에 열중
스틱은 가볍게 쥐어야 하거늘
스포츠에서 입스처럼
왼손가락에 자꾸 힘이
안 되면 안 해
드럼에서 기타 퍼포머로 변신

가죽 얼굴 야구공
방망이에 얻어맞는 거 싫지만
엉뚱하게 날아가고
바닥에 처박히고 싶지도 않어
안온한 가죽 품에 안기고 싶어

포수에게 못 던지는 투수
덕아웃으로 굴리는 유격수
제구력이 안드로메다로 달아났던
1970년대 해적단의 스티브 블래스
병명이 따로 있어도

이건 모두 불안장애
뮤지션이 무대 오를 계단 아래
주저앉는 거랑 똑같지

그때는 피할 수 없는
선택이었겠지만
장기하처럼
자신을 살피는 안목 필요해
집착인지 욕심인지

삶의 크레바스

예측할 수 없는 게 인생
생애에 감춰진 크레바스

그림자는 너와 나의 수의
지구별에 수용된 태양족의 굴레
나의 생애를 탁본하며
점점 두텁게 버거워지는 그림자

갑자기 합선된 듯 지글거리는 뇌신경
의식을 묶은 채
요상하게 춤추는 팔다리, 별안간 비보잉 같은
입에선 거품, 혀는 말려서 뒤집어 비낀 안구
내가 부축할 수 없는 다른 나
땀으로 흠뻑 젖은 그림자

그때 섬광이 보였던가
노곤하고 뒤숭숭한 머리
기억의 배꼽을 눌러 일상으로 리셋하면
저 혼자 춤추던 그림자 하나

내게서 빠져나가
크레바스로 빠진다

그림자의 씨앗들이 머리에서 엉킨 채
팽이처럼 돌다가, 순간 멈추면
제멋대로 하나씩 튕겨 나와 이러는 걸까
얼마나 더 빠져나가야 하나
그러면 도대체 나는 무엇으로 남게 되는 걸까

내 삶의 이파리들이 단풍 들어 떨어지듯
그림자를 모두 반납하면
생명의 투명한 그림자만 남아
지구의 풍경에서 안 보이게 될까
지워지게 될까

아, 대마오일 잔향이 남은 건가

빈 그늘

알지 못했던 골목
그저 지나쳤던 구석 어딘가
모든 방향으로도 햇살이 닿지 않는
햇빛이 내려 짚을 수 없는
늘 비어 있는 눅눅한 빈 그늘
거기로

그동안 쌓았던 희망의 날들과
행복했던 웃음은 왜 무너졌을까
좌절의 계단 아래 혼자 기대 있던 때
예고도 없이 삶이 주먹을 날리던 날
엇갈린 욕망 어긋난 관계
먼지처럼 쓸쓸히 흩어진 꿈

탄력을 잊은 혀 길을 잃은 식욕
그림자조차 부담스러워 먹이지 않았다
짧은 듯 긴 낮은 듯 먼 그림자를
모두 콕콕 개어 암실에 봉인했다
빛을 뱉지 못하는 검은 옷으로 싼 세상은 온통 검다

머리속에 압축한 세상 구겨 넣은 생각
실마리를 찾지 못하는 혼잡한 뭉치
왜 그렇게 살았나 그 모양으로밖엔 안 되었나
어떤 걸 바라고 참았나 무엇을 위해 애썼던가
손목에 남은 찰나의 상흔 무얼 걸었던가
그건 혹 과시였나

변검 기술처럼 자유자재로 얼굴을 바꿀 수 있다면
화장대 위 두터운 가면을 치우고 밖으로 나갈 수 있
을지도
부추기는 진동들은 흡음판에 먹힌 듯 이내 사라진다
지구가 도는지 머리가 도는지 모호한 안개 낀 시야
제때 도착하지 못하는 무디고 느린 정신
상수도와 하수구와 환기통과 스프링클러까지 막고
메우고 싶은
날이 흐르지 않는 방에는 철을 넘긴 달력

디딘 곳이 진창인지 뻘인지 늪인지 벼랑인지
공기 뺀 튜브맨처럼 널브러진 심사

주변의 모든 무게가 몸 하나에 쏠린듯 그렇게 침상
에 붙어
　세울 수 없는 말초들은 일제히 등불을 끈 채
　거울은 늘 홀로 답하고 절로 무너진다
　어둠 속에서 벨이 울린다 길게 짧게 길게 하나 둘 셋
　그 끝을 향해 뛰었다
　뜀은 무엇인가 추락인가 도약인가
　아니면 아직, 꿈인가

알레르기성 비염

축구대세는 전방압박
알레르기도 전방압박

사키 펩 위르겐
코막힘 콧물 재채기

코막힘은 하이블록
재채기는 게겐프레싱
콧물은 살수대첩

복합부위 통증 증후군 CRPS

고요한 새벽
인도와 차도의 경계석
긴지 아닌지 알 수 없는 살얼음이 낀
적은 별안간 선전포고도 없이
앵클조인트를 폭격했다
경골과 비골을 잇는 브릿지가 절단되었다

공병대 투입 압박드레싱 부목 고정
새로 임명된 통증사령관은 허세가 심하다
통증 병력 50만을 긴급 투입했다
그리고 특수부대를 추가로 편성해서
판 나사 핀으로 브릿지를 복구했다

통증 부대가 진입할 수 있는 통로가 열렸다
아뿔싸
손상된 시설 복구에 집중하는 사이 적은
쌍둥이 복숭아뼈 고지에 정예 병력을 배치하고
매복하고 있었다

별다른 전략도 작전도
기습에 대한 대책도 방비도 없이
무작정 아킬레스건 계곡으로 들어가 갇힌
50만 통증 병력은 기습을 당했다
통증 50만 중 10만을 잃고 25만은 포로로 잡히고
겨우 15만만 처참하게 복귀했다

중앙통제위원회는 통증사령관을 즉각 해임하고
적과 휴전협상에 돌입했다
포로로 잡힌 25만의 송환이 쟁점이다
그런데 상황이 급변했다
예고도 없이 돌연 적이 철수한 것이다
더 경악스러운 건 포로 25만이 흔적도 없이 사라
진 것

　생환을 기대했던 25만 통증 가족들은 정신줄을 놓
았다
　그들이 사라진 앵클조인트로 일제히 몰려가 부르짖
는다

바람만 스쳐도 누가 곁에 조금 닿기만 해도
심장이 찔리고 애가 탄다 천배 만배로 울부짖는다
어찌 그만두라고 말릴 수 있으랴

조현병

돌 아래 웅크린
돌 위로 헤엄치는
돌 틈으로 비끼는
어족들은
돌안에 사는 물고기를

그 강의 산 것들은
돌안에 웅크린
돌안에 헤엄치는
돌안에 비끼는
물고기를

돌안에
흐름을 기억하는
흐름을 거역하는
돌안에
사는 물고기

전립샘 前立腺

수컷이라면 세워立!
존재 이유야

오줌보 아래
요 밤톨 묘해
정작 서는 건
제가 아닌데

그거
세우지 못하면
그저
말랑민망한 살덩이

앞으로前!
서지 못하면
사내 역할 소집해제
매달린 꼰데기

밤꽃 내 풍기는

요 밤톨
크레인 조종간처럼
세우는 힘이야

근데
이삭처럼 숙는 때
꼭 와
겸손 아니구

전립선비대증

어르신 되셨다는 거에요
서글퍼 마세요
세월 되돌릴 수 있남요
지금 조건에서
발 헛딛지 말고
잘 버텨야 해요
신세 한탄할 시간 있음
즐거운 일 찾으세요

오줌 줄기 가늘고 약하죠
섰는데 하마 나올까 아랫배 힘 줘도 찔끔 오래 걸
리고
중간에 끊기고 눠도 남은 거 같고 똑똑 떨어지구
자주 가고 못 참겠고 밤에 여러 번 깨고
아이고 급하고 허걱 가랑이 따라 흘리고

안 되는 건 너무 애쓰지 마세요
참견하는 소릴랑 닫으세요
뾰족한 수

기가 막힌 약
놀라 자빠질 방법
그런 거 정말 있겠어요
오줌 못 참겠음
창피하다 생각 말고
디펜드 입으세요
바지 적시고 이불 빠는 거보단 나아요

평균수명이 늘어
실버 영역이 거대산업이 되네요
「와우도인의 병리학」이 불쑥 나오게 된 거
이런 흐름에 있는 거겠죠

미스 타이거

엄마는 먼 마을로 품 팔러 갔어
그 집에서 오누이 주라고
메밀범벅을 호박잎에 싸 주네
해가 떨어질락말락 걸음 바쁜데
첫 고개 넘는데 어흥
메밀범벅 한 그릇 주면 안 잡아먹지
두 번째 고갠데 또 어흥
한 그릇 더 주면
고개 하나 더 넘으니 범벅이 동나
마지막 고개에선 뱃속에 넣은
엄마 옷과 수건을 쓰고

애들아 엄마 왔다 문 열어라
목소리가 쉰 건 고개 넘느라 찬바람에
손이 거친 건 험한 일에 터서 그렇다 둘러대는데
울 엄마 손톱에는 무좀이 없어
호랑이는 무좀약을 열심히 먹었지
발도 좀 보자더니 엄마는 발톱에도 무좀이 없어
호랑이는 또 무좀약을 기를 쓰고 먹었지

손발톱 무좀이 깨끗이 사라지니
호랑이는 오누이 해코지할 생각을 잊었어
큰 콤플렉스였는데 미스 타이거에
도전하기로 마음을 바꿨어
행사장까지는 긴긴 여정
네 번째 고개 마루를 넘고 그만
호랑이는 기진맥진 쓰러졌어
그만 그대로 죽었어
부검했더니 간이 녹아버렸었대

하지불안증후군

어떤날 새끼발가락에 겨우 도착해 가쁜 숨을 고르
는 늙고 지친 피톨에게 진동이 울렸어 먼곳의 호출이
지 거기서 눌러앉으면 안돼 재빨리 돌아와야 해 아이
고 또 저 잔소리 이젠 좀 잠잠해질 때도 되었건만 왠
지 그날은 예서 좀 더 쉬어 갔음 했어 어이쿠 먼데 눈
치는 광속으로 빨라서 다시 진동 어물쩍거리지 말고
빨리 출발해 늙은 피톨들은 이제 저녁이면 쉽게 지쳐
그간 생색낼 줄도 모르는 성실한 일꾼이었지만 여기
저기 발가락에서 종아리에서 발목에서 진동이 울려

잠은 중앙집권제지 중국에선 아마 시황의 천하통일
이후일 거야 강력한 중앙정부가 있다 하더라도 지방
의 호족들은 늘 기회를 노리지 게릴라나 빨치산은 이
런 호족의 알바들이야

삶은 늘 막다른 골목에 당도한 소문과 같아 뒤돌아보
면 또 돌아보면 비어 있지 소문이란 그래 소문은 뒤
돌아보라고 따라다니는 건지도 모르지 하루분의 희
망과 하루분의 현실 사이에는 하루분의 좌절이 있었

던가 그게 소문인 건지도 몰라 이젠 하루분의 꿈을
위해 하루분의 잠이 필요한 때지 더더욱 골목에 몰린
때는 말이야 꿀 같은 잠이 있다면 굳이 내일을 기약
할 필욘 없겠지

각선미를 담당하던 지방정부의 주무관도 이젠 퇴직을
앞두고 있어 울퉁불퉁 보기 흉한 꼴을 어쩌지 못하고
그저 보고만 있지 중앙의 지원금은 끊긴 지 오래고 지
방선거 때나 간혹 외쳐질 뿐 금방 잊히고 말지

잠의 중앙통제위원회는 종아리와 발목과 발을 책임
질 보호관찰관을 파견했어 그는 거기서 피톨의 진동
과 호족의 알바인 게릴라와 발가락 사이에 몰린 소문
과 옥신각신할 거야 일 처리가 잘 안 되면 호족들은
밀린 어음 독촉하듯 일제히 다리를 뻗치면서 봉기할
거야 그가 임무를 완수하고 복귀해서 위원회가 만족
할 만한 보고서를 제출하지 않으면 중앙과 지방이 잠
의 균형을 이루기는 어려울 거야 강력한 진나라도 금
방 무너졌던 것처럼 말이지

노심초사 勞心焦思

동무 공이 「병증론」에서
강조한 핵심은
어떤 체질이든
노심초사 말라는 거야

일의 생각에 사로잡혀서
몹시 마음을 쓰면서
애를 태우고
속을 끓여서
마음을 졸이면
절로 초조해져
그러면
심장이 마르고 타들어 가

초(焦)는
불에 태운 거야
태우는 연료가
바로 욕심이구
질병은 결국

마음가짐에서 비롯된다는
동무 공의 통찰이야

체질침은 아트다

키를 줄였다 늘였다
술법을 부리는
그는 도인이 틀림없다
손목을
턱 짚는 순간
통째로 제압당하며
나를 안심시킨다

내 몸을 지배하는
세력과 기운의 흐름을
감지하는
내 문을 여는
내공의 소유자

간과 폐 사이가 틀어진 일
췌장이 날뛰던 순간
배배 꼬인 대장의 심사
위가 뒤집어진 사건
소외된 쓸개의 한숨

그의 손끝은
몸속을 도는 피톨에게 듣는다

손에는 여의봉 같고
팔과 몸은 우아한 학춤처럼
발놀림은 취권의 고수
이명세 영화에서
대결하는 강동원인 듯
그의 무기는
몸의 혈을 짚는다

그는 속전속결이다
이내
마음이 가라앉고
체증이 뚫린다
눈이 밝아진다
허리에 쑤욱 힘이 온다
그는 도인이 틀림없다

질하수 膣下垂

이분은 솔직해서 그대로 말해요

원장님이 추켜 올려주래서
도움이 될까 잠자리를 했어요

휴
오래전에 애기집을 들어냈고
환갑도 지났네요
안 지 삼 년 좀 넘는데
늘 염려가 병이죠
자기 걱정 남 걱정

골반이 아파요
치골이 아파요 새큰거려요
뭐가 누르고 건드리는 거 같아요
누워도 앉아도 자꾸 오줌 누고 싶고
옆으로 누우면 더 심해요
잠자려고 누우면 찜찜하고 불쾌해요
그러다 불두덩 아래 눌러주면 편해요

저도 계속 헤매다 그때쯤 깨달은 거죠
그래서 힘 주어 끌어올리는 치료를 했어요

아래로 뭔가 불룩하게 만져지던 게 사라졌어요
원장님 신기해요

그러니까요
잠자리는 좀 오버에요
전에도 말했지만 그거 필요해요
훈도시 같은 거요

앙헬의 ○○

하루를 잘 버티면 하루치 죽음을 팔 수 있어
매일매일 그날 분의 죽음을 성실하게 상장하는 죽
음거래소지
당일의 빳빳한 죽음은 실시간으로 가치가 평가되는

죽음 수요는 많아
생명줄을 꽂고 죽음을 가불한 사람
앞날의 죽음을 저당 잡힌 사람
돌연히 죽음의 계정이 끊긴 사람
보험사와 병원은 늘 여분의 죽음을 확보해야 해

죽음의 판매권을 박탈당한 사람
죽음을 압류당한 사람
죽음을 단체로 원천 징수하려는 조직은 브로커를
끼고 있어
앙헬과 염라의 참모들이지
난데없이 죽음의 가격이 폭등하거나 폭락하는 때
그들이 공작을 하는 시간이야

앙헬은 분신술을 부려 여기 있기도 하고 저기 있기
도 하고
이곳저곳에 동시에 있기도 해
코앞까지 날아온 총알이 슬쩍 비껴가거나
포탄이 쏟아지는 구덩이에 묻혔다가 살아나오는 것
처럼
흔히 기적이라고 부르는 사건이 벌어지는 거
속지마 이건 그들이 대규모로 죽음의 가격을 조작
한 부스러기야
이따금 헵번 포즈로 사진 찍는 일처럼 말이지

죽음의 밀거래도 있지 키리바시 날짜변경선인데
여기는 동쪽에선 허리케인 서쪽으로 넘으면 태풍이
되는 곳
서쪽에선 선물 동쪽에선 공매도처럼
미뤄지거나 당겨진 죽음들이야

식물인간이다가 어느날 번쩍 깨나기도 하잖아
귀는 열려 있었단 건 사람들이 잘 모르지

죽음 로또야 매일 팔지 못하고 오래 누적되면 아주
강력해지거든
누군가 그 사람의 죽음을 냅다 선물(先物)로 잡은
거지

이쁜이 수술

방기질
삶의질
저울질
돈만질
바느질
주름질

시가 삶을 진단할 수 있다면

전창선(한의학박사)*

『와우도인의 병리학 실험실』이상한 제목이다. 그러나 이 이상스러움이야말로 이 시집의 첫인상이자, 마지막 장을 덮을 때까지 지속되는 에너지다.『와우도인의 병리학 실험실』은 병증을 다루되 병증에 갇히지 않고, 의학적 구조와 언어를 빌리되 그것을 다시 시로 해체하는 독특한 감각으로 가득하다. 이 시집은 몸의 병리에 대한 자료실이면서 동시에 마음의 실험실이고, 평생을 성실한 의사로 살아온 이강재의 삶을 스스로 반추하면서 적어 내린 임상기록이다.

83년 고황산 기슭에 하얀 벚꽃이 지천일 때 강재를 만났다. 강재는 예과 2학년, 나는 본과 2학년, 우리는 〈한의대주보〉를 만드는 편집부원으로 만났다. 그때부터 강재는 이미 글로 사물을 비틀어 바라보는 법을 터득하고 있었다. 단정한 문장 뒤에 숨은 장난기, 작은 이미지 하나에서 통째로 이야기를 끌어내는 호흡, 그리고 무엇보다도 '자기만의 렌즈'를 끝까지 놓지 않는 태도. 그때 보였던 잠재력은 오랜 시간이 흐른 지금도 그대로 남아 있고, 아니 오히려 더욱 단단해져 가고 있다. 이 시집은 그러한 성장의 한 결과물이자, 이미 예감했던 무한한 가능성의 또렷한 증거라 할 수 있다.

시집에 등장하는 베체트병, 흉곽출구증후군, 공황장애 같은 질병들은 우리의 일상을 무너뜨리면서 고통에 떨게 하는, 누구나 두려워하는 병명이다. 그러나 '시인 이강재'는 그 질병들을 단순히 의학적 대상만으로 보는 것이 아니라, 삶을 비추는 거울이자 인간 감정과 이성의 심층을 탐구하는 방식으로 다시 읽어낸다. 그 과정에서 여러 가지 병증들은 더 이상 고통만을 상징하지 않고, 유머와 인사이트, 자기 성찰이 동시에 배어 있는 독특한 시적 장치로 변모한다. 진료실에서 매일 환자의 몸과 마음을 마주하는 '한의사 이강재'만이 가능한 관찰이다. 그래서 그의 시는 아픔을 다루면서도 결코 무겁게만 흐르지 않는다. 병증의 이름을 빌려온 시들 속에는 특유의 담백한 위트가 있고, 그 유머는 삶의 균열에서 아주 작게 흘러나오는 빛처럼 조용하다가도 예리하다. 그 섬세한 균형감각은, 내가 오래도록 알고 지내온 이강재의 변함없는 재능이기도 하다.

『와우도인의 병리학 실험실』은 '병'이라는 말이 지닌 여러 층위를 한 번에 열어젖힌다. 우리는 몸이 아플 때 비로소 자기 존재의 가장 깊은 부위를 들여다볼 수 있게 된다. 이 시집은 그 들여다봄을 두려움 없이 헤쳐 나가면서 그 과정을 시인의 고유한 언어로 새롭게 번역해 낸 기록이다. 시가 삶을 진단할 수 있다면, '시인 이강재'는 그 진단서를 가장 세밀하게, 동시에 가장 유쾌하게 발급하는 의사다. 나는 앞으로도 '시인 이강재'의 병리학 실험이 멈추지 않기를 바란다. '한의사 이강재'가 병증을 바라보는 눈을 더 깊게, 더 자유롭게 확장해 나갈수록 그의 시는 더욱 많은 이들의 삶 속으로 스며들 것이다. 이 시집은 그 여정의 중요한 출발점이자 새로운 장의 선언이 되리라 믿는다. 자랑스럽고, 또 진심으로 응원한다.

---

*全昌宣

부산고등학교와 경희대학교 한의과대학을 졸업하고, 경희대학교 대학원에서 한의학박사 학위를 받았다. 한의학의 인문학적 배경을 이해하기 위하여 늦은 나이에 성균관대학교 유학대학원에 입학하여 유교경전학을 공부하고 문학석사학위를 받았다. 1995년에는 '옴니허브'의 전신 '한의학연구소 古鼎齋'를 설립하였고, 2007년에는 거창 보해산 자락에 '약산약초교육원'을 설립하여 공보의와 개원한의사를 대상으로 肥瘦論과 三攻法을 강의했다. 주요 저서로는 『음양이 뭐지』, 『오행은 뭘까』, 『음양오행으로 가는 길』, 『먹으면서 고치는 관절염』, 『肥瘦論』 등이 있고, 역서로 『금궤요략심전역해』, 『의의병서역소』 등이 있다.

울시(鬱詩), 질병의 세계를 서정의
실험실로 전환하다

皮琸智(문학평론가)

와우도인(蝸牛道人)의 첫 시집 『蝸牛道人의 병리학 실험실』은 우리의 일상 깊숙이 자리한 '질병의 세계'를 기존 서정시의 문법 바깥에서 다시 사유하게 하는 독특한 시적 장치다. 임상의사로서 매일 마주하는 병리적 현실, 연구자로서 축적된 관찰의 기술, 그리고 오랜 세월 묵혀진 문학적 감각이 서로 교직된다. 시인은 이 시집을 감정·신체·언어가 교차하는 변환의 공간으로서 하나의 실험실로 구축한다. 이 실험실에서 질병은 더 이상 치료의 대상이나 하나의 소재가 아니라, 인간이 살아가는 구조 전체를 조명하는 또 하나의 '문명'으로 새롭게 배치된다.

질병은 외부에서 침입하거나 내부로부터 생성된 적일 수도 있다. 그러한 질병이 때로는 오래된 내면의 균열을 드러내는 통로가 되고, 때로는 인간을 삶의 무대 위로 밀어 올리는 보이지 않는 기획자처럼 작동한다. 이처럼 질병을 세계를 구성하는 힘으로 바라볼 때, 시집은 단순한 의학적 은유의 모음을 넘어, 존재론·

심리학·서정의 경계를 넘나드는 복합적인 텍스트가
된다.

이러한 관점의 바탕에는 시인이 스스로 명명한 '울
시(鬱詩)'가 흐른다. 울(鬱)은 우울뿐 아니라 억압, 정
체, 압축, 감정의 과밀함을 포괄하는 다층적 정조이다.
와우도인은 질병이 몸속에서 일으키는 미세한 흐름,
즉 불편함 부끄러움 쓸쓸함 때로는 생존의 미묘한 안
도감을 언어의 층위로 옮기며, 신체적 사건을 문학적
사건으로 변환한다. 그 결과 이 시집은 질병이라는 현
실적 경험을 서정의 언어로 번역하려는 대규모 실험
이자, 병을 통해 인간 존재의 근원을 되묻게 하는 밀
도 높은 변환의 장치로 읽힌다.

이 시집은 아래와 같은 특징을 가지고 있다.

1) 질병의 의인화가 만들어내는 새로운 캐릭터의 세계
이 시집에서 질병은 단순히 몸의 이상을 가리키는
진단명이 아니다. 귀 속의 이명은 고집 센 투숙객 '말
선씨'로 등장하고, 어깨의 통증은 삶의 과로가 잠시
모습을 드러낸 동반자처럼 말을 건다. 질병이 현실의
고통에서 벗어나 생명력을 지닌 존재로 변환될 때, 독
자는 병과 인간이 긴장과 의존의 관계를 맺는 기묘한
동거의 장면을 목격하게 된다. 이는 병을 두려움의 대
상으로 고정하려는 경향 대신에 인간과 대화하는 다

충적 인물로 재배치하는 시적 전략이다.

2) 유머와 해학을 통한 병의 탈권위화

질병을 다루는 문학은 자칫 비장함이나 우울로 기울기 쉽다. 그러나 와우도인은 병을 바라보는 의료적 권위를 웃음으로 해체한다. '피와 똥'이라는 노골적 일상에서부터 대중문화 패러디, 몸에 밴 생활사의 잔상까지, 그는 병의 풍경을 해학적 장면으로 전환한다. 이러한 유머는 고통을 가볍게 만드는 장식이 아니라, 병이라는 무거운 주제를 견딜 수 있게 하는 일종의 생존 기술이며, 동시에 독자를 새로운 감정의 문법으로 초대하는 장치가 된다.

3) 서사와 임상의 결합

이 시집은 병명을 나열하는 병리학적 기록처럼 보이지만, 그 내부에는 한 개인의 시간과 감정이 촘촘히 배치되어 있다. 위담, 삼차신경통, 크론병과 같은 의학적 언어는 시적 서사 속에서 과거의 기억, 환경적 요인, 삶의 방향성과 연결되며 한 인간의 내밀한 생애사로 확장된다. 임상에서 수집된 '사실'은 시인의 상상력 속에서 다시 배열되고, 의학적 진단은 문학적 진술로 재가공된다. 그 결과 이 시집은 의료 기록과 서정시가 만나는 드문 사례가 된다.

4) 질병의 심리학

와우도인은 신체의 고장을 단순한 생물학적 사건으로 보지 않는다. 조울의 등락, 공황의 급작스러운 폭주, 담결로 밤마다 찾아오는 저릿한 표정 등은 모두 인간이 감정을 견디는 방식의 리듬으로 해석된다. 이때 질병은 정서적 파동을 드러내는 지표이자, 억눌린 감정이 되돌아오는 통로가 된다. 신체적 징후는 감정의 언어로 치환되며, 독자는 병의 심리적 음영을 통해 인간 내면의 복잡한 구조를 들여다보게 된다.

5) 질병의 사회학

이 시집에 들어 온 질병들은 개인의 신체에서 시작하지만 곧 사회적 맥락으로 확장된다. 과민성대장증후군의 불안은 현대인의 과속한 리듬을 드러내고, 흉곽출구증후군은 육체적 노동의 압박과 생계의 긴장을 동시에 품는다. 제약산업, 병명과잉, 불안소비시스템 등 현대 의료시스템을 둘러싼 사회적 구조의 문제 또한 시적 대상으로 다시 배열된다. 결국 질병은 개인의 고통에 머물지 않고, 우리가 살고 있는 사회의 압력과 결함을 비추는 거울 역할을 한다.

이런 시적 방식의 핵심에는 시인이 명명한 울시가 있다. 울시는 우울한 정서의 단순한 기록이 아니라, 질병이 인간에게 남기는 감정의 압력을 언어적 형식으로 치환하려는 적극적 시도이다. 울(鬱)은 억눌림, 막힘, 미완의 감정, 과밀한 일상의 정서가 한 점으로 응축된 상태를 의미한다. 와우도인은 이 복잡한 울의 결을 병이라는 경험 속에서 길어 올리고 그 밀도를 시적 언어로 번역한다. 질병은 인간의 몸에서 발생하는 물리적 사건이지만, 울시는 그 사건을 정서적 존재론적 층위로 이동시킨다. 예민한 통증, 반복적인 불편, 설명하기 어려운 이상감각은 시인의 손에서 부끄러움, 두려움, 기묘한 안도감 같은 감정의 표현으로 재배열된다.

이는 질병을 감추거나 극복해야 할 결함으로 보지 않고, 오히려 인간의 내면에 오래 머물러 있던 정조를 드러내는 하나의 언어적 통로로 이해하는 방식이다. 이 과정에서 신체는 더 이상 침묵하는 기관이 아니라, 감정의 문장을 말하는 또 하나의 발화자가 된다. 몸에서 비롯된 사건은 언어 속에서 다시 구조화되고, 병의 경험은 개인의 생애와 기억의 층위로 확장된다. 울시는 바로 이 변환의 과정 즉 신체적 울체가 언어적 형식으로 옮겨가며 새로운 해석을 요구하는 순간에서 발생하는 독특한 시적 현상이다.

결국 시집 전체는 하나의 '울시의 지도'가 된다. 그 지도에서 병은 고립된 고통이 아니라, 삶을 가로지르는 리듬, 감정의 조짐, 존재의 흔적을 드러내는 기호들로 읽힌다. 울시는 병과 동행하는 기술이자, 인간이 자기 내부의 울을 어떻게 사유하고 다루어야 하는지에 대한 시인의 문학적 대답이다.

와우도인의 『蝸牛道人의 병리학 실험실』은 한국 현대시가 아직 본격적으로 탐구하지 않았던 '병리학적 서정'의 영역을 개척한 드문 사례이다. 질병은 이전에도 소재로 등장해 왔지만, 이 시집은 병명을 단일한 주제가 아닌 세계의 구조를 이루는 원리로 삼아 시집 전체를 조직한다는 점에서 기존의 질병 서사와 구분된다. 병을 하나의 장면이나 비유가 아니라, 인간 존재를 해석하는 기층 질서로 설정한 시적 기획은 한국 문학사 안에서도 거의 전례가 없다.

첫째, 이 시집은 질병 중심 시집의 새로운 형식을 제시한다. 의학적 병명들이 미학적 질서를 이루며 전편을 관통하는 방식은 소재의 집합이 아니라 하나의 체계를 구축하는 문학적 실험으로 볼 수 있다. 이는 병을 단순한 고통의 서사가 아니라 언어의 창조적 자원으로 활용하는 독창적 성취다.

둘째, 이 작품은 의학과 문학의 단순한 결합을 넘어 '질병의 문명학'으로 영역을 확장한다. 신체 내부에서 발생한 증상은 개인의 이력, 사회적 환경, 의료 시스템의 구조와 연결되며 다층적 의미망을 구성한다. 병이 개인적 고통을 넘어서 시대적 감정과 사회적 조건을 드러내는 방식은 기존 의료서사의 틀을 넘어서는 접근이다.

셋째, 와우도인의 시학은 기존의 육체적 서정을 계승하면서도 '울의 시학'을 새롭게 재정립한다. 기형도나 김승희 등 육체의 변화를 탐구했던 시인들의 계보를 잇되, 질병을 병리학적 관찰의 틀 안에서 서정으로 재구성하는 독자적 울시로 변주해 낸다. 이는 몸의 언어를 다시 조직하는 새로운 감각의 서정이라 할 수 있다.

넷째, 이 시집은 현대적 해학을 도입해 의료언어의 권위를 해체한다. 병명을 둘러싼 공포와 규범성을 유머와 패러디로 전복하며, 병을 말하는 언어를 기존의 비장함에서 해방시키는 방식은 한국적 의료 담론과 시적 문체를 동시에 갱신하는 효과를 낳는다.

마지막으로, 와우도인은 환자·의사·시인의 삼중 시점을 동시에 확보함으로써 병을 둘러싼 관찰의 폭을 확장한다. 이는 한국 문학에서 거의 찾아보기 어려운 구조로, 임상의 현장성과 시적 상상력이 균형을 이루며 새로운 인식의 층위를 형성한다.

이러한 점에서 『蝸牛道人의 병리학 실험실』은 질병이라는 거대한 미지의 세계를 최초로 본격 탐사한 시집이며, 한국 시문학에 '병리학적 서정'이라는 새로운 지평을 열어젖힌 작품으로 자리매김할 것이다. 한국 시문학에서 미지의 영역으로 남겨져 있던 세계에 새로운 언어를 제공한다.

재능은 성장한다[*]

초중고를 다니는 동안 가장 흥미를 가졌던 과목은 국어였다. 중학교부터는 한자와 한문이 함께 따라왔다. 국어와 한문은 내가 다닌 학교의 울타리 안에서 나보다 잘한 또래는 없었다. 학교에서 정기적으로 시험을 치른 후에, 이 두 과목만큼은 친구들이 모두 내게 물어 봤다. 어릴 적에 장래의 역할에 대한 여러 가지 꿈을 간직했지만, 청소년기에 세운 현실적인 목표는 국어교사였다.

중학교에 들어가고 어버이날 교내백일장에서 시를 써서 상을 받았다. 3학년이 장원, 2학년은 차상, 나는 차하로 전체 3등인 건데 1학년만 보면 1등이다. 학교에서 글쓰기로 상을 받은 건 처음이었는데, 결과적으로 보면 이때의 경험이 회갑을 넘긴 지금까지 50년 가까이 나의 삶을 지배하고 있는 것 같다.

초중 시절은 시골 산골에서 보내고 대도시에 있는 고등학교에 갔다. 내가 다닌 고등학교는 그 도시에서 가장 오래된 학교였고 학생들의 클럽활동을 권장하는 분위기가 있었다. 2학년이 신입회원을 모집하러 갓 입학한 1학년 교실을 돌아다녔다. 입학한 초기에는 엄마와 막내여동생과 셋이서 살고 있었는데, 문학동인회에 가입하겠다고 여쭸더니 흔쾌히 그러라고 하셨다.

내가 들어간 동인회는 봄과 가을로 시화전을 두 번 열고, 가을에는 문학의 밤 행사를 한다. 그리고 겨울방학 동안에는 학교 문예반의 역할로 교지를 편집한다. 그렇게 고교 3년을 시를 쓰는 분위기 속에서 동료들과 어울렸다. 행사가 있을 때는 졸업한 선배들이 찾아와서 격려를 해주고 또 술을 사주기도 했다.

시로 등단한 선배 한 분이 있었는데, 1학년 때 그 형이 우리 클럽룸으로 찾아왔던 날의 기억이 아직도 생생하다. 부동자세로 정신을 집중하고 있어야 한다고 3학년 형이 사전에 군기 교육을 했다. 1학년 때는 3학년에게 자주 맞았다. 글 쓴다고 모이는 사람들이 왜 그런 경직된 분위기를 갖추어야 하는지 참 이해할 수 없었다. 다행히도 2학년 형들이 3학년이 되었을 때 클럽의 분위기를 전폭적으로 바꾸어 주었다. 우선 '빠따'가 사라진 거다.

나의 국어교사 꿈은 아버지에 의해 좌절되었다. 2학년으로 올라가기 전에 문이과를 정할 때, 아버지와 상의하지 않고 혼자 문과로 정한 것이 화근이었다. 겨울방학 때 집에 가서 아버지께 몹시 혼났다. 대체 무얼 하고 살 생각이냐. 글을 쓰려고 해요. 그래 직업은 무얼 하고. 국어 선생님이 되고 싶어요. 뭐라고 선생질을 하겠다고. 아버지는 당시에 중학교의 도덕 교사였다. 나는 아버지가 자신의 직업에 '질'을 붙인 걸 도저히 납득할 수 없었다. 나는 아버지가 살아계시는 동안 아버지를 이겨본 적이 거의 없다. 1학년 동인 열 명 중에 이과를 택한 건 나 혼자였다.

정말이지 이공계 전공으로는 갈 데가 전혀 없어서 한의대에 지원했다. 내게 한의대를 소개하고 권유한 외숙이 '너 한문 잘 한다니 잘 맞겠다.'고 말해준 게 결정타였다. 그때는 대입에 복수지원 제도가 있었고 다른 한 곳은 약대였다. 이과 과목 중에서는 그나마 화학에 재미를 붙였고 잘 했기 때문이다. 사실 나는 대학이라는 곳에 대해서 잘 몰랐다. 한의대에 합격한 후에 입학 전 오리엔테이션에 참석했다. 학과를 소개하러 나온 분이 한의대 교육과정이 6년이라는 거다. 의대가 6년이라는 건 알고 있었지만 한의대가 6년제라는 건 거기서 처음 알았다. 물론 면접 전날, 한의대 예비소집 때 함께 갔던 아버지도 몰랐을 것이다. 나는 그렇게 한의대에 들어갔다. 아마도 나 같은 경우가 또 있을까 싶다.

예과 1학년 때 한의대 써클에는 들어갈 마음이 없었다. 한의학에 무슨 흥미가 있었겠나. 국문과 학생들이 주도하던 경희문학회에 들어갔다. 그런데 묘한 일이다. 한의대 신입생 세 명이 같이 들어간 거다. 국문학과 3학년으로 회장을 맡고 있던 석무 형도 몹시 놀랐다고 했다. 경희문학회 역사에 이공계를 전공하는 신입생이 세 사람이나 들어온 건 처음이라는 거다. 다른 두 명 중에 윤한룡 형이 있다. 동아대 국문과를 다니다 군대 갔다 와서 한의대에 들어왔다. 이 형은 1학년 2학기 때 나와 같은 방에서 하숙생활을 하기도 했다. 소설을 쓴다.

예과 2학년이 되었을 때, 한의대 학생회 회장단에서 신문 형식의 「한의대주보」를 창간했다. 주보 편집부에 들어갔다. 편집부장은 본과 2학년이던 전창선 형이다. 그리고 겨울에 한의대 학회지인 『의인』을 편집했다. 주보 편집부원이 주축이 되어 한의대 문학회인 '어름'이 출범했다. 각 학년마다 회원을 모으고 지도교수를 모시고 창립총회를 열고 대학의 써클연합회에도 정식으로 등록했다. 나는 주제넘게도 창립회장이다. 정기적인 모임은 국문학 전공 이력이 있는 윤한룡 형이 주도했다. 포스터를 붙이고 시화전을 열고 문집을 만드는 일은 내 몫이었다.

「한의대주보」에 실린 시를 보고 동급생인 신준식 형이 말을 붙였다. '너 시 쓰냐, 참 요상 야릇한 시더구나.' 형이 내 시에 관심을 두었던 이유를 그때는 몰랐다. 본과 2학년이 되었을 때 어름의 신입회원 중에 김진돈 씨가 있었다. 그는 나보다도 나이를 더 먹었다.

나는 어름의 후배들에게서 졸업생기념패를 받았는데, 지금 이 문학동아리는 아마 없어진 것 같다.

졸업 후에 군대에 갔다. 군대에서 결혼을 하고 또 아들을 얻었다. 나는 연말이면 신춘문예에 투고했다. 뭐 그렇다고 시에 열중했던 건 아니다. 일 년이면 겨우 서너 개 쓸까말까 하는 정도였다. 그저 막연하게 시인이 되고 싶었다. 나는 찌질한 한의대 학생이었고, 졸업한 후에는 아무런 보람도 대책도 없는 한의사였다. 그렇다고 문학 쪽에 특별한 재능이 있는 것 같지도 않았지만 무작정 시인이 되고 싶었다. 그냥 시가 좋았고 어쩌다 서점에 들어갈 일이 생기면 의무처럼 습관처럼 시집을 한 권씩 사곤 했다. 혼자서 그저 '나는 남들이 안 쓰는 특별한 시를 쓸 거야.' 그러고 지냈다.

30대를 지나 40대에 진입했다. 공자님이 말씀하신 불혹은, 내 경우엔 미혹되지 않는다는 뜻이 아니다. 자꾸 혹하여 휩쓸리고 흔들리니 그러지 말라는 경고라고 생각한다. 40대를 지나고 보니 그렇다. 그러다가 안도현 시인이 지은 『가슴으로도 쓰고 손끝으로도 써라』를 만났다. 아마추어를 위한 시 창작의 지침서 같은 책이다. 이것을 읽고 알았다. 깨달았다. 아! 내겐 프로문학가가 될 자질은 없구나. 가장 부족한 재능은 '객관화'였다. 나는 늘 내 시 속의 주인공이었다. 도무지 시 안에서 나를 들어내지를 못했다. 이렇게 깨닫고 나서 시집을 접어 책장에 가두고 관심을 덮었다. 그리고 늦바람이 든 체질의학 공부에 몰두했다.

체질론을 공부하면서 얻은 가장 중요한 깨달음은, 내가 가장 잘하는 것을 하면서 살아야 한다는 것이다. 잘하는 것이란 바로 타고난 재능이다. 체질의학 쪽으로 본다면 나의 재능은 '정리와 궁리'로 요약할 수 있을 것 같다. 그런 바탕에서 '맥락을 찾는 능력'이 있음을 알았다. 그리고 그 결과물을 쓴다. 쓰기는 문학 쪽에서 건너왔다.

체질론적 재능이란 호기심과 흥미와 재미를 안겨주는 부싯돌과 같다. 자기에게 있는 재능은 그것을 행하는 스스로에게 기쁨과 만족을 준다. 그래서 삶을 버틸 기본적인 동력이 된다. 단순히 재능이 있다고 프로가 되거나 대가가 될 수 있는 건 아니다. 그런 촉발을 통해서 끊임없이 노력하고 연습해야만 자신이 받은 재능을 충분히 잘 발휘할 수 있다.

나는 그간 재능이 '고정'된 특질이라는 개념에 안주했었던 것 같다. 반성한다. 깨달음이 모자랐다. 결과적으로 나는 재능이 조금 있었지만 노력과 연습에서 너무 게을렀던 것이다.

"등잔 밑이 어둡다."는 속담이 있다. "대상에서 가까이 있는 사람이 도리어 대상에 대하여 잘 알기 어렵다.”는 뜻으로, 이 속담은 보통 등잔을 둘러싼 주변의 시점에서 등잔을 본 이야기로 읽힌다. 오늘 나에게 이 속담은 등잔 자신의 이야기 같다. 등잔에 기름이 있고 심지가 있고 심지에 타는 불꽃이 빛을 밝힌다. 등잔은 밝음으로 밝힘이 목적이다. 그런데 당장 등잔의 바닥 아래는 몹시 어둡다. 등잔에서는 늘 빛과 밝음만 보일 뿐 등잔 자체는 주목받지 못한다. 기름이 마르면 빛은 꺼진다. 기름을 자꾸 보충해야 빛과 밝음을 계속 유지할 수 있다.

2025년 4월 19일에 우연한 기회로 시를 다시 쓰게 되었다. 시를 덮었던 기간 동안 ‘나는 시를 쓰는 재능이 없어.’가 고정되어 있었다. 그런데 요것 봐라 시가 잘 된다. 재미가 있다. 내 생애 이런 날이 오리라고 전혀 예상하지 못했다. 내 가슴에 생긴 샘에서 계속 시가 솟는다. 6월 중순부터 10월말까지 100편 넘게 썼다. 그렇다고 수준이 마구 후진 시가 나오는 것도 아니다. 그리고 특별한 주제에 관한 시도 50편을 넘었다. 7월부터는 여러 문학공모전에 내고 있다. 공모전 출품이 트레이닝이라는 것도 새삼 알게 되었다.

독일의 발달심리학자인 발테스는 “사람은 평생 동안 발달한다.”고 했다. 그렇다. 지금 이 순간도 변화하고 발전하고 있다. 다시 시를 쓰면서 새롭게 깨달았다. 재능도 성장한다. “사람을 보려면 그 후반을 보라.”는 속담이 있다. 나는 반드시 통상적인 경로로 등단해서 나만이 쓸 수 있는 시를 쓰는 시인이 되고 말 것이다.
글구 오래 버틸 거다. 나는 목음체질이다.

---

* 2025년 11월 13일에 나온 『민족의학신문』 〈1491호〉에 실은
글이다.

蝸牛道人의 병리학 실험실

초판 1쇄 인쇄일   2026년 2월 10일
초판 1쇄 발행일   2026년 2월 18일

지 은 이   이강재(와우도인)
만 든 이   이정옥
만 든 곳   평민사
            서울시 은평구 수색로 340 〈202호〉
            전화 : 02) 375-8571
            팩스 : 02) 375-8573
            〈평민사 모든 자료를 한눈에〉
            http://blog.naver.com/pyung1976
            이메일   pyung1976@naver.com
등록번호   25100-2015-000102호
  ISBN   978-89-7115-900-2 03800
정   가   12,000원